在所有人事已非的景物中，我最喜欢：你

爱恨书
Letters of Love and Hate

粲然 著

上海三联书店

目录

控诉书

七宗罪 ———————— 13

一宗罪：关键时刻，男人通常不会说："你别走"

/ 离家出走有多难 ———————— 15

二宗罪：许多男人都不会在必要时，说出"你好美"这句台词

/ 寻找完美的脸 ———————— 18

三宗罪：不解风情是大多数男人的通病

/《金瓶梅》研讨班 ———————— 21

/ 风情不解三国杀 ———————— 24

/ 制服不是利器 ———————— 27

/ 倒挂金钩是个重体力活 ———————— 31

/ 谨防女苍井空迷 ———————— 35

四宗罪：许多男人从未为结婚做好准备

　　/ 我家日历上的大日子：存钱日！—————— 39

　　/ 哪里都有"守望者"—————— 43

　　/ 单位倒闭走投无路时 —————— 47

　　/ 这生活没法过了 —————— 50

五宗罪：在人前表现自己的颐指气使——是男人们的心理病

　　/ 骇人听闻的家暴 —————— 54

　　/ 斯德哥尔摩综合征 —————— 56

六宗罪：他们的性历史，许多和纯爱根本无关

　　/ 邮差爱敲两次门 —————— 59

七宗罪：最可恶的，是无论你怎么说，他都想走自己认定的人生路

　　/ 谁在人生中为你百折不挠 —————— 64

　　/ 找一个共同的城邦 —————— 72

　　/ 说说猫，说说分手 —————— 79

执爱信

首先，你要保持最不要脸的自信，坚信自己是最美最好的

/ 克利奥帕特然 —————————— 89

其次，要搞定你的职场，免得后院起火

/ 职场最重马屁学 —————————— 91

/ 要擅长制造高层绯闻 —————————— 97

/ OL小姐的AV灵感 —————————— 100

/ 要做才女也要做花瓶 —————————— 102

/ 职场要提倡分党结派 —————————— 104

/ 混职场要变相诚实 —————————— 108

/ 老板新鲜人的第一课 —————————— 111

/ 策马西风王精睛 —————————— 114

/ 说不迷信是骗你的 —————————— 117

/ 我的助理史 —————————— 120

/ 商战中的怪力乱神 —————————— 123

/ 生意场上的"表情经" —————————— 127

再次，对万事万物抱有好奇心，哪怕是屎尿屁

/ 追求长发女生不可不知道的秘密 ———————— 130

/ 和屁有关的爱情理念 ———————— 135

给自己完整而安全的独处时间

/ 独居女性安全必读 ———————— 138

/ 喜欢做的事 ———————— 142

/ 哪怕只有做饭那么短的时光 ———————— 143

不管受到什么打击，都要敢于大声说

/ 我喜欢性！ ———————— 144

/ 给我打打分吧 ———————— 151

要爱你爸爸妈妈、你的好朋友、宠物，以及
一切让你觉得心有余力的美好之物

/ 我和我的小善良 ———————— 154

/ 彼得粲永镇永无乡 ———————— 159

任何时候，你都有权喜欢别的男人

/ 欢迎眺望乞力马扎罗和粲然 ——————— 163

/ 不安于室的法术 ——————— 169

/ 对他怀抱人鱼之爱 ——————— 179

给自己的爱找一个形而上的思想基础，相信感情是高尚的

/ 豢养自闭儿 ——————— 189

/ 一个童话 ——————— 197

/ 遇见来自未来的人 ——————— 203

最后，请你用一切方式、一切力量援助自己心中来之不易的爱

/ 你仿佛黑夜，沉默无语，繁星满天 ——————— 208

/ 在万物中你脱颖而出 ——————— 214

/ 在所有人事已非的景物中我最喜欢：你 ——————— 221

控诉书

每个女孩都会爱上一个浑身缺点的男人——但他不是流氓，也不是混蛋

你可以选择走，这会使一切显得更像一场游戏

你也可以选择留下来，一切就会周而复始

七宗罪

有一个人，很少说自己的心事，各种作息和性步骤都必须按照自己的习惯。你生病时他问也不问一句，欠着别人的钱，老是出去喝酒。你要是晚归，他保证比你更晚回来，几乎不说"对不起"，也从不会说"谢谢你"。经过许多年同甘共苦，有一天，他跟你谈他将来的计划，是一起把自己的债还清，然后买两个房子，一个写你的名字，一个写他的名字，免得将来有纠纷。

这样的人，你还愿意不愿意和他在一起？

可是，他也有好的时候。有一次，经过漫长的停工，拿到第一笔工资，他跑过来跟你说："我拿钱了，给你买衣服。"他以前喝酒总独个儿一人，慢慢的，酒醉的时候也会握着你的手。他睡觉的时候会从后面抱着你。

最重要的是，他不知道孤独会让他受到伤害。后来，你离开了一天，他就跟你说，他想你，他睡不着。

这样一个人，你得对他好。一定得对他好下去。你得等他晚上回来，多久都得等，因为喝醉了他开不了门。你得帮他擦鞋洗衣服。他累了胃口不好，你得给他做很多他想吃的。你得在他皮包里装很多钱，因为他不知道省钱，也不懂得聪明的享受，所以你得让他用他喜欢的方式消磨自己。你得等他说话，虽然你习惯语言表达，但不是每个人都这样。他说话的时候，你得怀着快乐的心认真听，因为他信任你。

你得贞洁，因为他思想纯洁单一，而你也希望自己身体干净。

这些，也许因为你爱他，但这仅仅是其中一个微小的理由。更多的时候，你知道这基于你的毛病，你愿意因为对他好，而让你在一个孤独的人的生命里显得重要。你觉得你看到的美好，比他多得多，所以你希望经由你，给他索要一切的无上权利。

但还有一个理由，最重要的理由，是因为对于这个城市和社会，你们都是渺茫的，你不仅是在爱，也在同病相怜。

你觉得你有力点，就得承受更多。"给予"，本来就比"得到"付出多得多。

这没什么好抱怨的。

你可以选择走。这会使一切显得更像一场游戏。

你也可以选择留下来，一切就会周而复始。

离家出走有多难

有个深夜，吵了一架，起因很老套，无非是他太晚了还在玩电动。但两人吵架，一般就是新仇旧恨涌上心头，恨得不知所以。猴子总结陈词性说了最后一句话——"我讨厌你！"他说。

我决定离家出走。三更半夜，穿好衣服，带了些钱，非常毅然决然。猴子初时还拦了一下，说："去睡觉，别出去了。"抱着我拖到床上去。我非常咬牙切齿地想，如果他不抱着我的大腿，深情款款地说出些伤筋动骨的话，就走！

结果他只挽留了五秒钟，就放手拐进房间去了。

只好继续离家出走。

从家里走出来，已经三点多了。想起楼下已经有很多流浪汉，可能会被奸杀，还抢走口袋里的钱，就怕且不甘心起来。继而又联系实际，想到底要投奔谁。投奔有家室男人嘛，保不定被原配嫉恨或者毒死；投奔单身汉嘛，搞不好一场肉搏，就算是被告白，三更半夜也懒得应付；投奔女人嘛，觉得很没有面子，还要跟人家哭陈一番自己的委屈，人家又要投桃报李做怜悯状安慰你，和你一起谩骂薄情郎……总之怎么的都要拖到凌晨五六点才能睡觉。

猴子又会悬着心。

这样想，又很不耐烦离家出走，想立刻回去睡觉。

可又拉不下面子。

于是就在家门口找个地方蹲了下来，托着腮帮独自哭了一会儿，还在地上划了划线什么的。后来还想，反正也要经历一次这种大吵大闹的感情，一段时间就会没了。那时候搞不好还可以用这个题材写小说——这类的念头。

明明自己规定蹲五分钟就回去，后来又觉得十分钟会好一点。失去我越久，会越发让猴子深省，让他痛心不已。

结果一口气蹲了二十分钟。

后来想起来，脚都麻了，起不来。

只好掏出手机给猴子打电话。

"宝贝，"他一接电话就大喊，"你在哪里？"——听起来音调像夜半咏叹调似的。

我对其表现满意，就彻底缴械投降了，结结巴巴地说："我，我在门口呢。我腿麻了，你拉我一把。"

他开门出来拉我。然后就假兮兮地、戏剧性地做出相见欢的样子。

次日清晨，他跟我说，他梦到我们俩一起开着飞机。结果一起从飞机上掉下来，掉到海里，他没事，我却彻底不见了。他一直找呀找呀，直到醒了，还在找。

"在梦里你哭了吗？"我问。之前他也做过同样的梦，说是梦到我死了，他从梦里哭得醒过来。

"没有！"猴子恶狠狠地说。

我非常吃亏。

二宗罪：许多男人都不会在必要时，说出"你好美"这句台词

寻找完美的脸

有一天，我翻看斐波那契数列和黄金分割率资料，研究半天，得到的结论是，如果一个人的脸完全符合黄金分割率的话（即长度和宽度的比例为 1：0.618），其视觉美感最强，也就是说，那张脸就会像达·芬奇的许多画作、柯布思的默丢勒系统、德彪西的音乐等永恒的艺术品，让人感到神圣的爱，以及超越时代的美感——超越时代！这意味着无论"燕瘦"当道还是"环肥"流行，人们一见到你依然会觉得你就是美。

当然，我对这套说法还是颇怀疑的。比如以前也和人讨论过《蒙娜丽莎》的画像，这个曾倾倒万代的女人头，在许多人看来是根本不美的。我一朋友说，她一见到老蒙就吓了一跳，心想：猿猴呀！不知道达·芬奇听了会不会昏死过去。总之在我做艺术青年前，我也不觉得老蒙美，但一旦艺术了，神灵就立即看顾我了，我就非觉得老蒙是我见过最美的女人不可了。

继续说回黄金分割率。有时候数字对人体来说确实是一种非此即彼的分界线，非常残忍的。比如说，1.60 米，34B，这是现代的美女基本线。古时候划分圣人有"双耳垂肩两手过膝"，划分美女有"三寸金莲"，划

分英雄有"堂堂七尺"。最恐怖的是维特鲁威谈到人体自然尺寸时认为：生殖器的起始点是人身体的中分点，脚的大小是人身高的七分之一，整个手掌的长度是人身高的十分之一，从下巴到人头顶的长度是他身高的八分之一等。我一直避免查考这些数据在我身上的真实验证。否则，可能一不小心我不但做不成圣人、美人，甚至连正常尺寸的人都做不成。

但说到黄金分割率，咳咳，当一个查证你是否能美艳千古的依据摆在你面前时，但凡一个女人，都摆脱不了问津一下的诱惑。这等同于坏王后每天拿着魔镜盘问它谁是世界上最美的女人，等同于公主必须把豌豆放在七个床垫下证明自己皮肤娇嫩身份高贵——总之，夜半，我难以自控地，对着镜子丈量起了自己脸的长度和宽度的确切比率。

当时猴子正在看电视上的妇女用品广告。他看妇女用品广告的时候总是带着一种不可理解的义愤填膺神情。多半人家说一句什么，他就会学舌地跟一句什么。比如"白带过多"、"崩漏带下"或者别的什么，我也记不太清楚了。他每跟一句，就会用一种凛然不可侵犯的眼神看我一眼，好像我正陷在所有妇科疾病里期待救赎一样。当然，有时候他也碰到自己搞不懂的字眼。比如刘若英做一个卫生棉的广告，广告词说的是"每次潮涌都会很担心"——"潮、涌"，他看了就在口里喃喃念了几遍，吊着眼皮想了一会儿，然后就很屈尊地用胳膊碰碰我："那个，潮涌是怎么回事呀？"他这样问。还有一次问我什么叫"护翼"。等到我要用非常学术的词语解释给他听时，他浑身打着哆嗦，阻止我，说："哎呀，不要告诉我，好恶心啊！"还赶紧把耳朵堵起来。总之种种神态，跟远古那个伪君子——那个本来尧要把皇帝位置让给他，他一听却跑到河边洗耳朵的无聊男人差不多。

男性时代的虚伪呀！

时下他又摆出那副哀我不幸痛我不争的臭嘴脸，一边喃喃自语地念着电视广告，一边用眼角瞟我。我且不跟他理论，摇晃他，问他我到底符合不符合黄金分割率。

他认真地恶补了下黄金分割率的知识，盘踞在床上，歪着头，跟一只大鸟似的思考了一会儿，说："你不符合。"

"我才符合。"他又自信地补充说。

在黑夜昏暗的灯光下我瞪大眼睛端详了他那张 XX 的脸庞（省略主观形容词）半秒钟——内心在艺术真理、科学真理与时尚真理中艰难地挣扎着，然后，我终于醍醐灌顶，用残存的最后一分理智从牙齿缝里吐出："如果你真的符合黄金分割率，唉，好吧，那我宁可一辈子都生活在没有黄金分割率的丑陋世界里……"

三宗罪：不解风情是大多数男人的通病

《金瓶梅》研讨班

有一阵子，猴子翻来覆去看《金瓶梅》，叹为奇书。

他有一个我所不及的优点，就是一旦研究起一本书，就会搞来各种版本，收集尽可能多的资料——总之，都是些我做古典文学研究时都没做过的事情。每当这个时候，我就变得很低很低，简直变成他脚下的土了。

不过一个男人看《金瓶梅》！大家想想这意味着什么吧。文雅一点比喻，就是站在一间满室芳香的房间里，还能不抽鼻子吗？所以这几天，每当他一翻动那本旷世淫书，我就急忙扑到床上，做出一副坐以待毙的样子，一会儿扭成大字形，一会儿扭成 S 字形。

在风平浪静了几天之后，昨天夜里，他躺在我身边，和我谈论起《金瓶梅》绣像本词话本各种评点和田晓菲秋水堂新评。谈得渐渐入港……淫笑开始荡漾在我脸上……可他依然锲而不舍地谈着学术。

于是我就挑逗他，作为一个学术女青年，我的挑逗也是很质朴的。先从胸腔里发出一些咿咿呀呀不似人声的呻吟，然后问他："你喜欢里面哪个女人呀？——是喜欢吃尿的金莲，还是喜欢后庭花的王六儿呀？"然后我还模仿书里的说法叫他"亲达达"，指望他叫我"小肉儿"。

结果，他一掌把我推开，吊着眼睛想了想，说他喜欢孙雪娥——"因为她老是被人踢来打去的，很好玩啊！"——他这样说，一点都不成熟！把我气得五尸神出壳！

"不成！"我说，"不许你喜欢她！再喜欢一个！"

在我的淫威下，他又想了想，说喜欢吴月娘。还说，如果他是西门庆，就让我当吴月娘好了。

我说，#··% ……—* ！

他兀自沉浸在自己的想象空间里，半晌，才说："吴月娘可好啦。"

"为什么？"我问。

"有一次，"他说，"月娘和西门庆吵架，半年都没说话哦。结果吴月娘设了个神龛，每天祈祷西门庆身体健康生意兴隆。"

"有一天，"他停了停又说，"有一天，下好大的雪，西门庆从外面进来，听到吴月娘朝天祈祷说的话，感动得要死……"

"然后呢，然后呢？"我问，当然也做着随着剧情跌宕，两人感动地抱在一起大动的准备。

"然后，西门庆感动死了，"猴子说，"就一下把月娘的衣服扒光……"（说到这里他羞涩地笑了一下）

"然后呢？"我逼近他问。

"然后，"他翻了翻眼睛想了想，"然后就'咣咣咣咣'，然后他们就和好啦！"

"好啦！"他一翻身，说，"我去干活了。"

"等下呀！"我在背后凄楚地喊，"到底什么是'咣咣咣咣'呀？！"

但他，已经走了……

我躺在床上想了一想，完了，我是做不成孙雪娥的，如果有男人打我，特别是如果我男人为了其他女人打我，我就把他全家毒死！要是我男人半年不跟我说话——类似月娘那种什么对天祈祷的事，开初我还会做一点，不过那也是演戏给他看的，为了跟他"咣咣咣咣"。要是这样不成，他还是不跟我说话，甚至，不跟我"咣咣咣咣"，那还能等得了他半年！——马上让他鸡飞蛋打，永远都不能"咣咣咣咣"！

风情不解三国杀

有段时间，猴子总问我类似这样的问题——"黄巾之乱的结局是什么？""文丑许诸执牛？""吕布投靠大官僚路线图？"后来甚至发展到问我"何进是不是太监？最后被谁灭掉的？"

一开始我以为他开始潜心研究中国历史，啧啧，真喜欢认真学习性感男（口水 ING），于是我立意要推荐蔡东藩等一票通俗古文史学家的书给他。

观察了几天，才发现，原来他在玩一个叫《三国志》的游戏。厉兵秣马，喊打喊杀。知道真相后我眼前立刻一黑。每每他一玩游戏，我的人生就很干涸很黑暗。长此下去，我的一生简直就是和电脑游戏争夺他肉体的一生，在每个游戏出现的间歇期用力榨干他身体的最大价值，如是而已。

这跟聂鲁达诗里刨地的老农毫无二致。

其实也不是没想过迎合一下他的喜好啦。曾几何时，我也努力玩过几把游戏，但即使是最经典的游戏，过程设置也几近机械化。这样迷惑心智的事物，实在是浪费时间，令人百思不得其解。

　　我就这么看他一步步走向痴迷的深渊。吃饭吃到一半，他会忽然蹦起来，说："不行，我要把襄阳城攻打下来再说！"然后意气风发地遁走了。赖床的时候眨巴着眼睛看着窗外落日最后一缕光线，沉重地说："现在我还有六十几个将领，大举进攻还不到时候。"晚上帮我盖好被子，小

心翼翼地探头探脑："我，再去打一局……你不要生气啊！"然后关灯，急匆匆地朝另一个房间赶，黑暗中闷响了一声，原来在进攻洛阳的途中他先踩进了自家的垃圾桶，嘿嘿。

三更半夜终于躺进了被窝，又听他长叹一声，沉痛地说："我现在已经无人能敌了，但离统一中国还有一段距离，真是有心无力啊。"

——刹那间有点感激电脑游戏，能让此等凡民发出如此感叹。

"不知道会不会用了太多时间，等统一中国时，太老了，系统就让我死了呢？"他又叹了口气，产生了类似曹操《龟虽寿》这样的咏叹。

"当然不会啦！"我一跃而起，把他如战争中的贱民百姓一样践踏在脚下，高喊道，"只要你现在开始和我研究男女交接之术，保你千秋万代，一统江湖！"

三宗罪：不解风情是大多数男人的通病

制服不是利器

有一次，我订购了兔宝宝装——"小白兔，白又白，两只耳朵竖起来"——小时候就老念叨的那种。

送货的足足迟到了一个小时。之前我叫器着给出货处打了好几个电话，其实心里也不是很着急，但即使只是自己在等，也会表现得急不可待，不知道是不是潜在表演欲作祟？

昨天晚上猴子值班，直到 12 点才回家。其时他的几个女同事兼我的铁姐妹都知道他回来会横遭"兔宝宝"待遇，表现得比我还激动，一群人在 MSN 和 SKYPE 上热烈地讨论着。我原计划是一等他打开门，就穿着兔宝宝装缩在墙角，做出楚楚可怜的样子。可后来的实际考虑是：我们玄关的灯坏了，不知道他黑暗中猛一看到一兽形大耳朵人，会不会一下把胆吓破，一脚把我踩塌？

于是就做另外考量。他的同事已经迫不及待，装关心状给他电话问他在哪里，然后火速告知这边差几分钟他到家云云——间谍工作做得何等精确。

然后他回来了，钥匙一响，MSN 和 SKYPE 上顿时万籁无声，所有人屏息等待。——当然，我立刻把一切和外界联系的系统全关了，切断她们饥渴的眼睛和耳朵。

然后……猴子在玄关脱鞋……我在门缝里偷偷张望了他一眼，就把大厅的门锁上了。

猴子开始怀疑，疑心有人在房间里什么的（这是他的惯例，一等他值班回来，就会跟警犬一样环伺房间一圈，指出一些匪夷所思的疑点，比如拖鞋怎么摆歪了一边，怎么枕头不是叠在一起的，幻想有人进来过），在玄关里用对敌喊话的声音叫我把门打开。

我正在飞快地穿兔宝宝装，当然没理他。

然后猴子撞门，"卡次卡次"。我打开门，他一头栽进来。

愕然……

愕然……

无声愕然……

然后，猴子就说——

"妈的，你给我穿衣服去，冻死你。"

——他就这样说的，冲着我支棱着的假耳说。

把我气坏了。然后，他又用从玄关电冰箱里拿的冻果茶冰我，搞得我哇哇大叫。

"难道你不想喘气吗？"我左摆右扭，骚首弄姿地说。

"给我穿衣服去！"猴子又这样说，同时把我抱到暖气片前。

真不甘心呀……于是我就生气了，不说话，翻白眼，把找绳子上吊等一系列后果砸在他头上。

"好嘛，"他说，"很可爱很好玩的啦，你。"

"哼。"

"怕你冷嘛。"他说。

"哼。"

"裤子也好，衣服也好，耳朵也好嘛。"他综合而理性地评估说。

"哼。"

"好嘛。就是你没跳舞，你一跳舞肯定很好很好的。"他又冲着我支棱的耳朵这样说。

"为什么要跳舞？"瞟了他一眼，我忍不住问。

"兔女郎都是跳舞的呀。"他斩钉截铁地说。

"骗人！"我冲他嚷道，"才没有这回事！如果要跳，我也会跳的！可兔女郎干吗要跳舞！"

"这——是有历史渊源的，"他顿了顿，用钩沉春秋的赵忠祥口吻说，"在越战时期，因为怕美国大兵寂寞，美国政府就从世界各地收罗了很多女子，让她们穿着兔女郎的服装，到美国大兵前线去表演……"

而我，就这样做兔子状，红着眼，浑身哆嗦地龟缩在床上听他卖弄渊博知识，讲过去的故事……

然后我就换了衣服，去厨房做苹果沙拉。他把一盆全吃完了，我就吃了几个。

一夜无话。

倒挂金钩是个重体力活

按个人情绪分布图，不可避免的，大概每三四个月我就会涕泪滂沱地就下文所述内容和猴子撕闹一次。

我觉得我们的床笫生活毫无新意！——带着类似揭露皇帝新装的小孩的沉痛表情，我饱含热泪地宣布。

一开始，我要这样说，猴子就不分青红皂白冲上来抽我一顿，叫我"闭嘴"、"该干吗干吗去"，后来他逐渐表现出从善如流的优点，跟我讲道理。

"为什么这样说呢？"他昨天就比较和气地问我。幸亏我不是普通那种无理取闹的女人，我可是准备了很多数据有备而来的！然后我就跟他摆事实讲道理。比如说，最近几个月我们多半采用的作息时间啦口头用语啦频率节奏啦潮流姿势啦，总之在每一段时间里，都非常趋于一致。唉，这是多么催人警醒的事啊！要不是我这样深谋远虑地为这个家打算，我们美好的床笫生活就要毁在这样日常的柴米油盐之中了！

可当我摆出这些数据的时候，猴子就像抽筋一样大笑起来。有几次我停下来歇口气，以为他要抽我了，幸好他只是用力掐我而已："小肥猫，继续说！"我觉得他心情好像还不错。

"总之就是这样。一开始你啃我的几率达到百分六十，然后你多半建议我啃你。最近我比较习惯说'不要'，导致语言内容很贫乏，这也是我要注意一下的。三个月来，事后只有两次你同意看着我睡觉，剩下的时候你都去玩游戏或者写稿。"最后我总结陈词似的呐喊着："我们的床笫生活已经到了必须穷极生变的时候了！"

"那你想怎么改变呢？"猴子非常耐心地问我说。

"不知道……前阵子我想找个其他男人上床算了。"我非常认真地说，然后就痛心地哭了。唉，因为床笫生活遇到瓶颈不得不铤而走险，挑战自己道德极限的女人，是多么凄惨哪！

"为什么要找其他男人上床呢？"猴子又问。

"因为我觉得连在我们家都要引进竞争机制了！"我像在跟沉痛的国企老板同仇敌忾一样，叹着气说，抹着眼泪。现在我们并肩躺在床上，我看着天花板。猴子有时候带着笑，偏头看看我。他要是不凶着脸抽我的时候，还真的很和蔼呢。"这种一党独大的日子，人民通常感觉很逼仄。"我可是非常认真的。

"可是，"猴子说，"其实所有人都是一样的呢。都是这样，比如一个洞呀，一根棍子呀，形式上都是这样的。没什么不同……"

"有！不！同！"我说。"有什么不同呢？""反正有不同，我知道。我现在说不出来，但等我过几天跟别人上床了。我就可以把具体数据告诉你了！"我像一个刚被亵渎了科学猜想的伟大而绝对正确的科学家一样，用众人皆醉独我醒的口吻嘶喊着。因为猴子又笑起来了，所以我哭得更厉害了，眼泪啪啪地往下掉。

"好啦好啦。"猴子说，"怎么样你才不会去找别的男人上床呢？"他又掐了我几下。

可我怎么知道呀，这应该是他现在要考虑的问题呀！比如一个诺基亚用户觉得这款手机不那么人性化，不得不把旧机退回诺基亚公司，逼着自己去买摩托罗拉。他又要重新输入几百个号码，又要熟悉输入法，还要另花一笔钱！已经很悲惨了。诺基亚公司尚且不好好反省，锐意革新，还要跟用户唧唧歪歪，这是要走进生存死胡同的呀！

"那我也要做做用户满意度调查呀，"猴子说，"你还希望做什么呢？谈谈你的看法嘛。"

在他的鼓励下，我用力地想了想："嗯……"我支支吾吾地说，"比如倒挂金钩……"

"怎么挂？！"——我觉得猴子越来越不耐烦了，他瞪着眼说："你挂呀？"

"当然是你挂啦！"我梗着脖子喊，"拜托，现在是我投诉缺乏创新耶！"

"我挂不了！"猴子现在可生气了，"我知道了，你想找个杂技演员！"他说，然后就凑过来大力抽了我几下，把我抽得可疼了。

我就知道会这样！其实倒挂金钩只是个比喻嘛，跟以前说实现共产主义是"楼上楼下，电灯电话"这个道理是一样的。可猴子一抽我，我就觉得我改造这个家的美好想法又破灭了。我气得浑身发抖，大声哭嚷起来。

我一直哭一直哭。四周寂静无声。我觉得我总是很孤独的呢！

可是，当月亮升到窗帘的破洞处，整个房间突然亮起来的时候，猴子好像突然惊醒了一下。他凑过来，迷迷糊糊地说："好啦，别哭啦。"

"我想一辈子和你睡。"他用几不可听闻的声音说。还没等我倨傲地拒绝他，就又睡着了！

谨防女苍井空迷

曾任我男友一职长达七年时光的猴子，是个颇具"马普尔小姐精神"的人。所谓"马普尔小姐精神"，指的是英国侦探小说家阿加莎笔下的老处女乡村侦探简·马普尔，她无论听到多么骇人听闻离经叛道的事儿，都会摆出一副见怪不怪的嘴脸，总结说："这事儿在我们村里见多啦！"喏，猴子就是那种觉得"普天之下万物不离其宗"的人哇。

有一回，他"大破大立"得更彻底。当时我们正在辩论"新近床笫生活是否需要更新换代"这样的严肃课题。我列出一系列田野数据，从口头语、环境氛围、频率节奏、习惯姿势等方面全面论证（并呼唤）了"穷极思变是两性关系和谐前行的必由之路"这一绝对真理。猴子那日心情不错，没有像往常一样恼羞成怒，抽我一顿了事，而是和颜悦色地和我讲道理，说："归根到底这事毫无新意可言，子弹射出不回膛，苹果掉到水泥地，一根棍子扎一洞，都是一码子事。只听得'扑哧'一声，浆液四溅，然后，完了。"

一个热爱生活、快乐奔放的盛年女性撞上猴子这样的男性，恰似一头准备撒蹄跑向春天原野的小母驴被漏夜戴上眼罩拉去上磨，久而久之，小母驴的世界观就崩溃了，承认那确实是条两眼一抹黑无甚新意的路——所幸此时，我看到了苍井空的作品。第一次是在什么地方、怎样的心情和环境下看的苍井空呢？这些事我都忘记了。在此之前，我也是顶着"向身体艺术致敬"的名义，对毛片和情色电影荤素不忌的人啊。所以，第一次看苍井空——和其他同类选项相比，只是多了一层："这女人漂亮得挺肉感"、"又认识了个 AV 明星"这样的想法而已。

迷上苍井空的作品，有逐层递进之感。看别的 AV 片，是逆旅的饭局，在别人端上的酒菜里加一点性之所至的调料，把自己的刺激一饮而尽。而苍井空，她总爱在褒衣委地玉胸尽览时，脸带顽皮和害羞蒙上自己的眼睛；喜欢在情动时"扑哧"笑着，昂头朝向埋头大动的男人；哪怕仅是一个拥抱，她都要把头搁在对方肩上，闭眼定格数秒⋯⋯这些也许习惯性的动作让她的作品温暖且特殊起来。

在杂志访问和电视采访中，看到她带着开朗的笑说："我一直保持尊严和专业，严肃看待自己的工作⋯⋯把它（拍摄 AV）当做自己的事业在努力。"因为看她的作品，多半会萌生"没错！性是一件开心且好玩的事！这女孩跟我想的一样"这样的想法，所以我愿意相信她的话。

猴子对我喜欢苍井空这事大惑不解。一开始我还试图感化他，把他拉入同一阵营。"那你喜欢哪个 AV 女星？"我鼓励他说出自己的感受。"她们有什么不同吗？"他问，"我把她们都混起来了。"他还吐槽说。对陪伴他走过青春期，让他因为带着期待和幻想每一滴体液都没有白流的女人们这样无情，男人有时真是狼心狗肺啊。

"你最喜欢的情色片是什么样的？"我退而求其次地激发他，说。他磨唧地找了几天，表情尴尬地下了个片子，喊我去看。那部片子叫《深喉》，演的是一个女人的阴道长在喉咙里，这种特殊的生理构造使她放弃了正常性生活，跑到诊所里"看顾"男病患以求快感。整部电影看得我毛骨悚然，猴子还在一旁碎碎念此片如何成为色情片的开山之作如何吸金一个亿如何深刻解构了时代思想等等，搞得我差点和他吵架。直到多年后，我才明白许多男人只愿意和自己的性幻想共处一室。当与女人在床上之外的地方讨论起毛片，"掉书袋"就成了他们的心理防御武器。

可我才不管那么多咧。欢欣鼓舞地看了许多苍井空的作品，我就像充了气的球漂浮在云端，觉得天地辽阔，无所不能至；我还迅速建立了自己的性喜好体系；认定角色扮演对两性生活绝对是再丰富和再塑造；幻想着：拥有一个制服小衣柜，里面装满成套服装和配饰；每天就寝前，猴子会拿到一份类似菜单的图谱，上面罗列着"逃学威龙版、客厅女佣版、水手靠岸版、医院体检版、老妇寻鸭版……"以供挑选，他只需拿笔轻轻一勾，如梦似幻的场景就会出现在他眼前。

为实现梦想，我先后网购了兔宝宝装、警察服、女佣服各一套，豹纹丁字裤三条、黑框眼镜一副、儿童听诊器一套、男用贞操带一条、手铐一副、没有任何文字说明的春药两盒……我时常穿戴或手持着这些物事，像一道奇袭的追兵，朝猴子固守的城池喊打喊杀、冲将而去。猴子虽仓促防御，却总是自恃天险，与我缠斗，倏忽射下一阵乱箭，想把我困住。我驱使兵将，斩木为筏，兵至城下，炮轰剑攻，声如崩山。猴子眼看就要失身，一场残酷的、血淋淋的屠城势不可免——每当这时，他就会对我进行疾风暴雨似的道德控诉，咒骂我"看 AV 片看傻了"、"你这个禽兽"。搞得我临阵弃甲，心神俱裂。同样在多年后，我才突然意识到：在我兀自圆满着"我和苍井空同样热爱性和游戏"这一自我认定时，猴子也随之掉进了某种恐惧的深渊。我对 AV 女星一片至诚的爱，也许正引发了他对我道德观、性观念的悲观动摇和不确定吧。

"所有男人都喜欢 AV 片，但大部分男人不信任有 10G 内存 AV 片的女人。"这是某段后来在网上看到的话。与这句话互为映照的，是如今苍井空依然"一曲红绡不知数"。她写毛笔字、号召募捐、应邀出席年会，皆有无数男粉丝含笑热捧。他们压在舌尖没出口的津津乐道，也总是她头上永不磨灭的"AV 女星"四个大字。两性所能达成的理解与同情之路总是崎岖漫长。不管怎样，苍井空从 AV 圈隐退了，我和猴子的感情也有了结果。

有时候想想，我和她因为或相同或不同的理由，都不会在别的男人面前、在公众面前袒露身体，带着战栗的期待说出"哇好大啊"或者"请加油吧"这样的话了——这个想法不管怎么说都挺悲怆的。

苍井空曾大声说："我讨厌 AV 被看不起，这是伟大的职业。"即使作为女性，我仍然要举双手赞成。带领人看到快乐温暖的性和青春，是顶伟大的事。

有那么一刹那，它击溃了两性之间永恒的孤独。而这，就是美、勇气与对众生之爱。

四宗罪：许多男人从未为结婚做好准备

我家日历上的大日子：存钱日！

有个早上，天气不是很热。

那时候我们还没上班，窝在家里，我穿得可性感啦。我对猴子提议说："我们来玩'救溺水人'的游戏好不好？"

"什么啊？"他漫不经心地问。

"就是这样嘛，"我说，然后我就爬到床上，睡成大字形，胸部很用力地起伏着，"溺水被救上来的女人都是这样呀，"我又说，"你快来给我做人工呼吸嘛。"

但他光在房间里走来走去，不瞄我。

"你到底给我不给我做人工呼吸？！"我愤怒地喊了一声。

慑于我的正义，他急忙看了我一眼。于是我又赶快躺回去，用力喘着大气，做出濒临死亡的样子。

可是我一直喘一直喘，足足喘了五分钟，觉得心脏都要被喘掉了！

他还是没过来给我做人工呼吸。

"我要死掉了！你这个坏人！"我躺在床上，哀求着，哀求着，伸出虚弱的手。可他忽然朝我鼻子上丢了好多衣服，差点真把我闷死了。

然后他哈哈大笑着走开了。

再过了一会儿，他叫我不要玩了，给他他妈的起来！我也就索然无味地起来了。今天是我们的存钱日。

所谓"存钱日"是这样的。猴子非常爱乱花钱（其实我也是），导致我们一直没有储蓄。于是上个月，我办了本为期半年的存折，上个月往里面存了些钱。我把存折本拿给猴子，哄他说："交给你保管哦，以后这些钱可是要给你派大用场的。"

他很小心地保管了起来。这个月，我们又要去存钱啦！其实我们存的钱不多，因为这两个月大笔的意外开销挺多的，可猴子现在可把存折上的数字当回事了！

今天他提议说："要在存折里存上五千块！"

我说："不成耶，你疯啦，怎么可以存那么多！"同时做出很懊恼很愤怒的样子。

"可以呀，这样我们就可以很快存多点钱了。"他说。

"不成啦，不成！这样日子怎么过得下去呀，你简直是个疯子呀。"我又喊。

我接着喊："天呀，我简直不敢相信，我们能存那么多钱呀！"

总之我直着嗓子嚷嚷着，这让猴子得意死了，好像他是个巨富似的。

其实我都是骗他的，我顶喜欢我们把钱都存起来，接着去过苦日子。

四宗罪：许多男人从未为结婚做好准备

哪里都有 "守望者"

有段时间我天天加班，半夜两点到家，还得给暂时失业、窝在家里打游戏的猴子下馄饨吃。

有一回，他说，我妈往家里打电话。闲聊的时候问他如果没有点儿存款，结婚要怎么办呢？生孩子要怎么办呢？

"哈哈，"我看着锅里的蛋花说，"你骗我，我妈怎么会跟你说这些。"

"真的，"他说，然后大口大口吃馄饨，"我心里很难受。"他又这样说。

——这一年来，有很多时候，我心里觉得悲怆。这种我所体会的新的悲怆，不再像以前那样，是想得到什么人事而不得，或者不够红、不能去哪里签售，因为有什么什么人不肯定我不关注我，有一瞬间觉得天快要塌了、想大吃一顿把所有事情忘记的悲痛。这种感情从外界某个不可知的地方爬过来，爬到我心里。有好几次，夜里，我看着书突然会因为这种感情而想撕心裂肺地大哭起来。很多次，它想占领我，让我佝偻身子，成为顺民。但它也很善良，想顶在我心里，让我一直站着。是这样的。我不喜欢这样的猴子。他不对我说好听话，必须等我做饭自己懒怠动手，他还会说好久没吃肉了挑三拣四，可那是因为我实在没时间去菜市场。

可还有这样的时候，我觉得他又好气又好笑。比如我在凌晨帮他做着隔夜的稀饭，哗啦一声哭了。家里什么也没有，只有几个桃子，那几个桃子是很多天以前的了，又酸又软。他没有办法，就洗了一个桃子，放在我电脑上，自己乖乖地站在边上。

但这些都是爱里的事，都是一个男人和一个女人发生的事。它们会让我难过，开心，选择离开或者留下来，但都是琐碎的。它们不是那种悲恸的来源，虽然与它有所关联。

我见过一些人，猴子、还有我的朋友，并且慢慢知道了这个社会一些事情和规则。我说过，我一点都不怕这些。这个社会喜欢我，因为我顺服（至少表面上如此），有名利心年轻漂亮行动力强。我也说过，即使它横加一些挫折和厄运给我，我也会因为新奇而哈哈大笑起来。但是，我真搞不懂为什么人们必须要延循着它的规律与周期行动，必须在特定的时候有房有车，否则就是一无作为，为什么一个努力工作了五年零七个月的人赋闲了，他没什么钱，想在家休息两个月，他的亲友们就会跳起脚来，觉得大事不妙，如临大敌。

有一天，我走在皇城根公园里，给朋友阿黎打电话。我说我想爸爸妈妈想回家，但连飞机票钱都没有了。阿黎叹息着，说："哎呀，你真是被骗财骗色呀。"这些话，我一直都还记得。但在那些大多数人认为的损害里我又一再掉头回去，实在是从我心里，蔓延出一种惊奇。我真是不明白，我实在不懂，这个社会形成"责任"、"义务"这些词，它拿这些词压在所有人头上。大家跟我说，人是必须改变的，人必须有责任，人要做些个买房子买车养老婆这类的事情，这个社会着急造就它所需要的人，但并不培养人性。这样坏的社会，为什么众口一词地都要去维护它呢？

我觉得我很知道它要什么，白痴都知道。一年多来，我一直在担心，要是猴子今后向我求婚，甚至仅仅以确定的男朋友身份出入我家门，我那些叔叔婶婶、七姑八婆之间会怎么样。

我不埋怨任何人。甚至，我觉得在这其中，我越发爱猴子，爱我的家人。如果我和猴子分了手，他遇到下一个女孩子，到时候，又是一场新的折磨战。要是我们用了我家的钱，这对我爸爸妈妈是多么不公平呀，在这其间，我真不想让任何一个与我有关的人受任何一点委屈。除了猴子，还有很多很多像他一样的人，除了我爸爸妈妈，也有很多很多人的爸爸妈妈。"老吾老以及人之老，幼吾幼以及人之幼"。一种情绪理所当然地扩散起来，可是，我还是想不明白。

我所说过的那种悲恸，它当然是从爱衍发而来的。但它不根源于爱，而是不解。我经常在想，我很爱这个世界，很爱这个社会。它教育我很多东西，我是那么心甘情愿欢欣鼓舞地被它改变呀。但它为什么非要去改变和伤害那些漠视它的人呢？不，我一点都不觉得这种伤害是对的。即使我是一个受益者，我也不觉得它理所应当。

对，我现在就像塞林格所说的霍尔顿一样——也许比他更讨社会人喜欢一点，我生活在最古老的国度最大的城市里。我想赶快做个顺民，我想适应这个社会，我想有很多的钱。但在暗地里，我想从事这样的勾当，我看到"有那么一群小孩子在一大块麦田里做游戏。几千几万个小孩子，附近没有一个人——没有一个大人，我是说——除了我。我呢，就在那混账的悬崖边。我的职务是在那儿守望，要是有哪个孩子往悬崖边奔来，我就把他捉住——我是说孩子们都在狂奔，也不知道自己是在往哪儿跑。我得从什么地方出来，把他们捉住。我整天就干这样的事。我只想当个麦田里的守望者"。

我想用那么一点点能力，一点点钱·一点点可以浪费而不可惜的自己生命里的时间，保全自己的才能，保护我所遇到的，想保持自己孩童般心性的人。我想做一个麦田里的守望者。

单位倒闭走投无路时

在怒号的北风中我酣睡到一半，下岗妹屎捞人像一把旋转的枯萎落叶一样扑进来。早些时候，她刚跑到分崩离析的老单位去开会，顺便想瓜分些财产什么的。结果只发现角落里一大箱刻着猴子名字的指甲刀，那是有一次一个指甲刀大王送给前单位高层领导的。每人大概有一千枚，上面刻着他们的名字头衔电话之类。当然这是很早前的事了，早得就像你看着一座楼盖起来，后来又看到它塌了一样，心里不是没有感慨的。

下岗妹屎捞人把成把成把刻着猴子名字的指甲刀铺在我床上，她手里拎着一大袋，书包里也全是指甲刀，就像个专送指甲刀的圣诞老人一样。

"唉，真希望这些都能变成银子或者鲜花呀！"我们看着那么多指甲刀哀叹着说。可现在，用这些指甲刀来修眉毛刮胡子剔体毛剪指甲，也是一辈子也用不完的。下岗妹屎捞人不客气地说，她要带一大包回去。我们凑在一起幻想了下，把这些指甲刀推销给按摩院色情场所的小姐们，跟她们说："我们的指甲刀又利又尖顶刮刮！"然后小姐们就拿着这些刻有猴子名字的指甲刀剃体毛，给客人剪指甲什么的，她们还可以拿着这指甲刀编故事，说："这是包养我的恩客送我的指甲刀，上面还刻着他的名字呢。他可是京城有名的人，要是老娘不想接待你们，你们可不能勉强老娘，不然，我就出示这把指甲刀，就会有很多黑道的朋友来抓你们！"然后，猴子的名头在京城的色情场所就会很响亮，很响亮。到后来有一天，小姐又再说这样的话时，一个客人站了起来，怒不可遏地喊："你们不要再散播谣言了！这些指甲刀和你们没关系！"这个客人，肯定就是猴子。

哈哈，总之我们头碰头地想了些怎么散播这些有历史意义的指甲刀的方法。每个方法都会让猴子骤然很有名，很有名。当然我们也说了些难过的事。比如我跟下岗妹屎捞人说，男人们都坏死了！前天，我生理期，外面冷死了。卫生棉又弹尽粮绝。然后我就发信息让猴子帮我带，结果猴子回说"不敢"，把我气坏了！然后，我又发信息让虫子帮我带，结果他也哇哇大叫，说"不敢"。关键的时候就那么要面子！当初老娘陪他们去逛男用内裤的时候不知道怎么自如自得哦！哼！——我就跟下岗妹屎捞人控诉了这些。

为了安慰我，下岗妹屎捞人就跟我说了她爸爸买卫生棉的故事："从前，我们家女人们的卫生棉都是我爸爸负责买的，买了十几年。结果有一天，卖卫生棉的小贩阿姨跟我爸爸推荐了一款新的卫生棉。我爸爸可有鉴别力了。他说，'不要，我只买护舒宝。'那卖卫生棉的小贩阿姨恼羞成怒，叉着腰大骂他，说，'妈的，你个男人，知道什么？！'害我爸爸害羞死了，从此我们只好自己去买卫生棉。"

总之在屋外呼啸的北风声里，我们就这样倾诉与互相安慰着。还是觉得很难受。不管怎么说，下岗妹屎捞人和猴子任职的单位倒闭了。那个夜晚的最后，猴子抱着我，他只有在很少的时候会这样。他说："怎么办呢？真是走投无路呀。"他就这样说的，然后就玩游戏去了。

昨天，在我要睡觉的时候，我看到《坎特伯雷故事集》里的一个故事。有个叫巴思的寡妇，她曾经有过五任丈夫，但她性欲旺盛，把五任丈夫都折腾死了。这时候她已经很老了，但她的欲望仍没有止境，于是她就走上朝圣的路，而这条路，其实也是她寻找下一个爱欲目标的路。

这个巴思夫人，她说了一段话，在昨天临睡前，让我觉得有趣。

她说：

"可是基督啊，每当我想起，

我年轻快乐的时光，

我便从心里发痒。

直至今日我都满心喜悦，

因为我曾在我的时光里拥有自己的一切。

天啊，年岁消磨了万物，

夺去了我的美貌和活力。

随它去吧，再见！让魔鬼来吧！

面粉已飞散，无处去收集：

我只能尽力而为，好好卖掉麸皮，

不管怎样，得乐且乐随遇而安吧。"

这生活没法过了

昨天晚上啪啦断了电之后，猴子说："这生活没法过了。"然后我急忙跑进去抱住他。

其实他说这话好像蛮有理由的。到昨天晚上为止，我们俩口袋里总共只剩下六十块钱。白小痴说，不要再跟家里要钱啦，我借给你们吧。然后他就汇了一千五给我。哇，真是谢天谢地，不然昨天晚上我们可要喝西北风了！

这样说些家里的经济，我仍然觉得挺有趣的。不知道猴子是不是觉得有些难受呢？总之昨天晚上，我们家一被断电，他就说："这生活没法过了。"

那时候，我们还没吃饭呢。我急忙跑进去，借着笔记本电脑的光哄他开心。我说："我们先出去吃饭吧！"还说，"哇，没电，多好玩呀"——这类的话。

我们披着大衣出门去。外面很冷。我们的钱只够吃两碗卤煮，但我说："我们可以小小地挥霍下呢，因为我把卡带出来了，有人刚给我们存了钱！"

——实际上，早先我计算好了，虽然我二十号能回家，可猴子得到二十五号才能走。这些天，再加上旅途转机时的费用，尽量给他留上一千多块钱以备用。要能撑到二十八号就好啦，到时候，几笔收入就入账了，可以过个稍微窘迫的年，把所有欠款还清。

但猴子一说"这生活没办法过了"，我就忍不住想带他去吃好的，买好东西给他，让他喜欢。

可一路上，他可沉着脸呢。我说："哇，我好庆幸今天没电呀！明天我就去买电！但要是我回家过年后才没电，就你一个人，那我知道了会哭死的呢！"

结果他说："到时候真停电，我可以去办公室啊。"

我又说："幸好朋友给我们存了钱呢！"

他说："要不存也没关系，我还有一张卡上有两百块钱。"

我又说："今天是星期二，要不，我们趁这机会去看半价电影吧！"

他说："不去。"

把我噎的。我们走到王府井，把所有的钱取了出来。我跑了几家商店，却买不到蜡烛。

"没事，"我说，尽量要使自己在这事情上显得胜券在握的样子，"就算没电也不怕呢，我抽屉里还有个爬山的头灯，可以找出来照明。"

"你要戴着它洗澡吗？"猴子仍旧沉着脸说，但他后来笑了一下。

我喜欢他笑起来，因为这样好像就反驳了他说的话，这个生活不再是没法过下去了。

　　但猴子接着提议说："现在才八点，我们应该打车去电力公司买电！"他回家拿了电卡，就把我拽上一辆出租车。

　　在出租车上我不出声地抽泣了一会。来回打车到电力公司，要近四十块钱！而且最重要的是，我觉得他太心急着要打游戏了。

　　直到买着电的时候，却轮到我赌气地想：奶奶的，这生活没法过了。

　　然后我们又回到家里。当猴子站在楼道灰尘里塞电卡的时候，其实我就好起来了。冬天在亮堂堂又暖和的家里总是好点的吧。不觉得穷，也不觉得生活难受了。我想猴子也是这样想的吧！因为他就变得温和起来，读《纽约时报》的消息给我听，边读还边拍我的脸。

　　他说："好久没给小然买衣服和鞋子啦。"说这话的时候他停顿了一下，然后又说，"今年街上很多女人都穿一种毛绒绒的长靴子，要是小然穿，那可爱死了。"

　　他说这话的时候，我就站在他面前，但他不说"你"，就说"小然"，好像在重复他心里以前自己对自己说的话一样。

　　"你要是喜欢，我回家就叫妈妈买一双给我呗。"我说。

　　"才不要。以后我买给你。"他说。

　　在亮得有点奢侈的小屋子里，为了安慰我，他还破天荒说，今天晚上他可以不玩游戏呢。

可是我之前之所以伤心，不是因为他总是玩游戏，不是因为我们穷得响叮当，也不是因为我好久没有买好看的衣服和鞋子。

这样的生活：在每天晚上的炖锅里炖上胖胖的蘑菇和豆腐，等他冰冷地钻进被窝得把他的手脚焐热，无论他什么时候出去和朋友吃饭，就算借钱都得把他的钱包塞满——这样的生活，并不会让我觉得痛苦和难挨。

亲爱的猴子，在一段你所习惯的生活际遇被猛然打断，被横加的苦难所干涉时，焦躁和任性只会增加你的痛苦。这让我担心。

孑然一身的时候，没有水怎么办？——用绑着绳子的勺子放到升降机里，再把它带上来，这个勺子里就会有水。

——在一本描绘战争的书里库切这样写道，他还说：用这法子，人就能活。

骇人听闻的家暴

我家的家暴事件已经百里风闻，对此我没有丝毫夸张。

有一次，猴子让我到楼下快客超市买烟，于是我穿戴整齐，揣好钱包，走进超市，说，请拿一包烟。

快客叔叔见我就问："那啥。今天，你男朋友今天要抽红塔山呢，还是七匹狼？"因为猴子总抽这两款烟，如何取舍在于他当天对自己钱包的评定。如果他认为自己是个有钱人，就拿价位高的抽，如果他恰巧发现自己贫困潦倒的真相，就抽便宜烟，抠得连烟屁股都舍不得放弃。

可此刻见问，我便犹豫了。因为我凑巧忘记问猴子——今天他觉得自己算有钱人还是没钱人。

快客叔叔见我犹豫，就忙"柔声"（这很重要！）催促我说："你还是给他打个电话吧。不然买错了，他又要抽你。"快客叔叔如此专业地用上我家家暴术语，让我铭感于心一切尽在不言中。我含着感激的眼光看了他一眼，便给猴子拨电话。猴子一听我问他这样的问题，气得肺都要炸掉的样子，嘶喊着："随便！你这个笨女人，连这都要花电话费问我！"还没等我挂掉电话，快客叔叔就急忙塞了包便宜的七匹狼给我。

还有一次，我向菜市场买海鲜的高姐订了一斤虾。下午骤降暴雨，我给猴子送伞回来，已近黄昏。估摸着菜市场要关门，便打了个电话跟高姐道歉，检讨自己没及时去菜市场取虾。电话那头高姐笑眯眯地回答说，没事她还在等我。于是我就到菜市场拿了虾。刚转身，只听见高姐跟边上的人像说起"苦守寒窑的王宝钏"一样，指点着我，解释说："我就想她肯定会来拿。她男朋友喜欢吃活虾，过几天她都会订一斤。什么叫爱情，小年轻的，风雨无阻才叫爱情嘛！"旁边那什么人的，用迟疑的口吻回答说："这种事，在电视里，不是都是男追女的时候才做的吗？"一语方落，我泪飞顿作倾盆雨。

还有一次，我到街对面理发厅剪头发。头上顶着五颜六色，惯常爱无事站在门口手搭凉棚眺望的理发师傅和小妹蜂拥过来，脸上均带着令人悚然的笑，异口同声问候我，并且说："昨天是不是和男朋友吵架啦？""要不要剪个短发改变下心情呢？"

呃——问题是，你们怎么知道的？

几番厉问，他们方才吐实。实情是：小情侣吵架，都是一个走前，一个走后。昨天他们就看着我俩摆着如此队列，从理发厅门口迤逦而过。"不过，你们和别的小两口不同哦。人家都是女人红着眼在前面走，男人沉着脸在后面追。你们从来都是男的沉着脸在前头走，女的红着眼在后面追呢！"虽然被多人数番眼色示意，有个洗发小妹依然笑出两个酒窝，全无心机地描述说。

——我，我再也不去这家理发店理发了！哇哇哇哇！

五宗罪：在人前表现自己的颐指气使——是男人们的心理病

斯德哥尔摩综合征

有一天，在家里做火锅吃时，我突然想到其实我是犯了斯德哥尔摩综合征。于是急忙对猴子说了我的发现。"猴子！原来我是个心理疾病患者！我得了斯德哥尔摩综合征！"我作出气都喘不上的样子，说。"活！该！"猴子又抽了我一下，火上加油地说，"你他妈的马上去给我洗葡萄不然我虐死你！"我欢天喜地地抚着自己被抽过的、火辣辣的脸急忙去了。

在此之前，必须跟大家普及下什么是"斯德哥尔摩综合征"——

这种心理疾病会使劫持者和被劫持者发生一种奇怪的感情联系，认为"我们患难与共"。被劫持者随时会为劫持者堵枪眼、做炮灰、置死地犹不悔，只要劫持他们的人是安全的，他们就错以为自己也会永远安全下去。这样的例子很多，比如人质不让警察杀死绑架自己的人，拒绝提供证词还要和他们结婚，比如雇主毒打小保姆小保姆都不肯离开雇主，还有比如猴子怎么抽我、打我、不理我，我还要抱着他的大腿迤逦在路上拖出一条血路。找到理论依据后，我现在终于有勇气说，猴子抽我这些事情，都是真实的！我之所以不逃跑完全是因为我是一个手无寸铁又有心理综合疾病的斯德哥尔摩综合征患者呀！哇哇哇！

骤然觉得自己患了一种特先进的心理疾病，不禁一阵暗喜涌上心头：嗯，终于可以拿自己做一个活病例炫耀一下了！这种思想，和贵妇人一定要去俄罗斯买件名牌皮草，去巴黎做 SPA，去普罗旺斯走边边，有那么相似呀。没想到我连心理疾病都那么有个性，是瑞典代购的。这再一次加深了我对自己的认识：粲呀然。你果然是一个泛国际的，冲出亚洲走向世界的，高知识的，心理深邃不可测的，神秘的女人呀！

想到这里我急忙给妈妈打电话报告了我这个发现。在解释了一通何为"斯德哥尔摩综合征"之后，我最后总结说："所以哦，妈妈，我之所以老是过苦日子，完全是因为我有'斯德哥尔摩综合征'。请你一定不要为我担心。"

"我也觉得你得了斯德哥尔摩综合征，那真是挺神的呀。"妈妈语气复杂、不无嫉妒地说。然后我们像中了头彩似的小市民妇女一样，叽叽喳喳笑成一团。

六宗罪：他们的性历史，许多和纯爱根本无关

邮差爱敲两次门

所谓回家过年，就是突然冒出一大群人用各种柔情攻势逼着我和猴子做有关下半生的决定：婚姻名分、住房、户口、是否能回家乡工作……如此杂七杂八的事。猴子在我身边，惊诧莫名毫无准备。

2月15日那天中午，风很大，站在海边得穿两件衣服。有一辆车开过来，把猴子带走了。

即使车门被拉开了，他还是下意识紧握着我的手。等到车开远了，他还回头看着我。这是很少有的事——我还记得他那几天的眼神，像一只受了惊的小动物，不知道为什么所有人突然这样严肃地要求他，责怪他。

那时候我已经不爱他了。嗯，应该说我打定主意不和他生活下去了。我都快被烦死啦！磨叽的人生真让人难受。

2月16日，我生病了。哇！原来痛苦真会让人生病的呀！我边咳嗽边想。那几天做了很多过年前的准备，比如祭祀抢年货什么的，我都快忘光了，就是每年都得折腾一次那种活动。有一次我走在路上，离人群稍微远了点，松了口气。有一只非常小的狗从商店里跑出来，看见我。"咿呀，

你怎么在这里呢？"我蹲下来，对那只全然陌生、丑丑的狗说话。我不知道为什么对它说话，但好像这样对陌生事物示好，会让自己轻松点似的。

那一刹那的感觉，我现在还记得。

那几天，我还做过一个梦，梦见我走到一个挂满猴形娃娃的房间里，把所有的娃娃都扔在一个袋子里，丢掉了。为了防备着自己会哭，并且不让别人知道，我还偷偷买了一个墨镜。

但17日下午我的病就好了，在海边，风朗日丽，大海无垠，简直容不得你有什么难受的。

为此我很久以前写过一篇小说，叫《夏日里传说中的苦难像阵风》，其实就是这个意思，在岛上，就算最重大的灾难也会一下过去的，"倏"的一声。在任何时候我都是这样想的。

等我再见到猴子时觉得自己主意已定。聂鲁达怎么说来着："痴情如此短暂，但忘情却如此久长。"总的来说燃烧自我照亮他人的时代已经过去，再坚持一下，就过去了。我对自己讲。

现在说来挺逗的。那几天，在最安静的夜里，会觉得有一些回忆涌上来，但那些东西真是要彻底过去了，像别离的潮水一样。我打定主意。

这当儿猴子使出他的杀手锏。跟书里写的一样，当一方要退缩的时候，另一方通常就积极起来，悲痛欲绝什么的。

"你怎么样我都无所谓了，心已经死了。"我正儿八经跟他这样说，恰恰也是和书上写的一样的呢。

他继续跟我说了很多话。大多数话就像流水一样，发出叮铃当啷的声音。我是说，好听话多半是无用的。

可他又跟我说了一些话，它们让我喜欢。最好的那些话，是他拉着我的手，回忆很多年前，他刚出社会那会儿。他说，那会儿他会出入风月场所，也会把一些毫不相干的人带回家。

唉！怎么办呢！我真挺高兴我的男朋友曾为一名恩客！我是说，要不是他有过这样的经历，我们俩现在的关系就彻底完蛋了呀！可突然间我又重新爱上了他。

我又哗啦哗啦哼起歌来，觉得生活不是那样的可怕了！

我为什么喜欢我的男朋友曾为一名恩客？关于这个问题，我曾经认真地想过。

一开始，我以为这来源于一种女人单纯的迷信。即：种过牛痘的人绝对不会得天花。就是说，一旦年轻的时候惯常风月，经历了那个时间段，没了好奇心，就会安分守己了。我之所以高兴，是因为我遇见他，是在他尝尽百味之后。所以我得到一个重装上阵的、贞洁的男人。

接着，我又疑心我自己总有一点心理异常吧。历尽沧桑的男人总比

61

贞节而一味虔诚贞节的男人让我着迷得多。

"总之，哇，我觉得又幸福起来了呀！"我容光焕发发自肺腑地说。

"以后你要再去嫖，一定要告诉我！跟我分享！真的！"我用力地哀求他说。

"我再也不去了。"猴子严肃地说，"你也不许去。"

"去嘛！去嘛！可以去！都可以去！"我可大方了，说。

说这些话的时候，似乎未来的，和猴子一起经历的日子历历在目，我骤然又有了排除万难的勇气。后来我想，我之所以希望猴子跟我说起这些经历，不是因为我曾排列过的那些理由。

我曾知道很多爱的种类与时刻：日常的爱、奉献的爱、激情的爱、挑逗的爱、嫉妒的爱、崇拜的爱、利益之爱——但当这个日子来临，猴子自由地倾诉他的一切，"风月往事"仅仅作为一个临界点，意味着他的世界愿意抛弃世俗成见全面地向我打开。

那一两天，每当他向我说话，都是一个延引我抵达他内心的邀请。

之前三年的那种"爱情"，那种由我游戏精神支撑着的、并不平衡的男女感情与生活方式，在这个社会的要求下被我自己关闭了。那种爱消失了。

但这个时候，是他做出努力。另一种感情开始产生。经由这种感情，那几天我感受到以往没有感受过的东西，以往我力求达到，却总被猴子拒绝的——自然平等地，深入内心的事物开始连接。

我并不是全然带着喜悦写下上面这些话。命运给了我们第二次机会，就好像邮差为等待某种回应敲下第二次门。

我并不知道回应将是什么。是万籁寂静，还是其他东西。

谁在人生中为你百折不挠

中间有一段时间，几乎大半年吧，猴子决定跟我回到厦门岛上，回到我的家乡。他正儿八经地进了报社，朝九晚五工作。许多人如释重负，跟他说，好啦，你们开始走并行的人生路了。我可没说这样的话，相反，我始终保持警惕，患得患失。

有天晚上，看完电影回到家，猴子说："先别去游泳，来，跟我来，我们到海边去。"

他过来拉着我的手，我们沿着路朝前走。有些房子静悄悄的，但还有些卖酱油水海鲜的大排档还亮着灯，夜里赶潮挖蚵仔的人赤着脚，好半天走过来一个。

一开始我还开玩笑呢，问他是不是要谈分手的事。

"分什么手？"猴子笑了一下，说。

我就不说什么了，走了很长的路，我们还是什么都不说。

"在这里坐会儿吧。"后来，他指着一张长椅子说。背后长街上夜灯橙黄，前面的海在光线之外，不留心还以为坐在一个巨大的广场前。广场另一边也有灯光，对面有个岛屿上的大白射灯，从这面，转到那面。

在很多时候我会觉得很寂寥，可当时，我什么感觉也没有。

我们仍旧什么也没说。过了一阵子，我在长椅上坐得累了，就翻身向后，一头栽在草地上。

猴子好像被我吓了一跳——我是说，我一旦不说话，他就觉得挺不习惯的，老拿眼偷看我在做什么。四年来，一直都这样。

那晚上天空繁星可数。很多人都曾教过我怎么辨识星座，但每次我昂头向天，总会把这些知识尽数忘却。

我想了一会儿要不要哭，可又觉得怪没意思的。

这三个月来，我一直想找个人诉苦什么的，可临到话出口，又觉得怪没意思的。

我是说，世界上很多情绪容不得仔细谋划，否则往往味同嚼蜡。

在长久的沉默后，猴子俯下身来。"说吧。"我说，翻了个白眼。

实际上，这么几年，我一直有个梦想，不，是想象。我总在想，有一天，我站在他面前，抽他一下，说："我真受够了你！"——或者还有别的话吧，总之就是偷袭他个出其不意，历数罪状什么的，然后扬长而去。

每当独自身处异乡，走夜路害怕，拨他的电话总是渺无音信时，这种愤怒好像隔夜的饭翻将起来，让我不吐不快。

可后来，我又想，也许他也老恨不得抽我一下，吼我"你当自己是什么呀！"这样。之所以没这样做，只不过因为大家都是哈姆雷特。

"我要回北京去。"这当儿他说，以结论的口吻说，好像这纯粹是他一个人的事。

"哦。"我说。

为了让自己开心起来，我想了会儿其他的事。

前一个晚上，我和妈妈、猴子车经前埔夜市时，他叫起来，说："阿姨！那边集市上有卖松鼠！"——那口吻，有多好玩儿。

"不要养啦，死了的话又要哭。"妈妈这样回答。

现在那盏游移的大白射灯从对面岛上射向天空，星星好像被隔在不同的大格子里了，让人想起很多老掉牙、沉痛的老话：对啦，你能感受美丽，但也得承受隔绝。

世事大都这样。

我掉了几滴眼泪在草地上，可我决定不大哭，要像个没事儿人一样。猴子在我身边坐了会儿。

"走吧。"他后来说。

我们站起来，朝亮灯的路上去。那当儿我有种奇怪的感觉，觉得我的一生不能像别的女人那样了。就是：老爱一个人呀呆在一个地方呀到了时候就休休产假挺着肚子陪爸爸妈妈逛街什么的。也说不好我顶爱过这样的日子，可就好像前几年顶流行流浪一样，我没多想过拿这当一辈子的大势所趋。

然而，这两年，我逐渐知道，每个人的人生都是一个众议。猴子这样塞过来一个独裁理论，可把我气坏了。

我这样一面走，一面想。在我们离海足够远时，在临海的第一排别墅前，猴子突然扭过头来。

他说："刚才带你去的地方——这几个月，我要是心里难过，就自己老来。"

他就说了这么一句话。我不知怎么一瞬间就哭开了。一开始我还想打他一下什么的。可又不知怎么的，总之他抱着我，在别人亮堂堂的别墅前，我们都掉了泪。

有一阵，我们说好了等眼睛不红了回去，免得爸爸妈妈念叨。那时候我们都好点了，决定不闹别扭。平静分手——我倡导说——当然，根本原因不是因为他要离开，这点他也明白。我还责备他不提前跟我说，以致我周一把所有的钱都投进去买了股票。现在他去北京哪里还能筹到什么钱呢。

"不要紧。"他一如既往地说。

"怎么能这样！肯定要给你的。"我豪气地说，"这样吧，前天，我把钱分成了平均两份，买了两只股票。你挑一只去！"

"升跌在天哦，挑了坏股票别怪我哦。"我后来又补充说。

那当儿我们走到公车站口了，很多窗口乌黑的公车如巨灵般耸着。我倒情愿它们真能变形复活，免得我们总是以为自己打破规矩地在规矩里生活下去，生活下去……

唉。

"还有，以后你不许跟你新女朋友说我是个坏女人。"

"不会。"他说。

"才怪呢。你以前都这样说，我可是知道的！"我气势汹汹地说。

"你又不坏。"他说，"你很好。"说完他又要掐我的脸。

"说分手就得一了百了，有没有这种勇气呀？！"我隔开他的手，鄙夷地说。

"好。"他说。然后我们又埋头走了一会儿。

"我真的很怕，我很怕我会变成坏女人。"后来我终于这样说，然后在空落落的集市街道上号啕大哭起来。

"别怕，不会的。"猴子任由我哭了一会儿，安静地说。

"我会跟很多很多男人睡觉，自暴自弃。然后得了性病。"我说，那种顿失习惯的巨大的孤寂感一波波如巨浪朝前，你稍失勇气，就会被吞没。总是这样。

"别怕，不会的。"猴子又说。"你是什么样子，别人怎么样都改变不了你。"他像一个哲学家那样地说。

我抽抽噎噎地跟在他后面，虽然分了手，可因为他鼓励了我，我决定也鼓励他一下。

"那么，"到家楼下时，我清清嗓子，为了加重我说话的分量，特地拉了拉他的手，"你也要相信你自己。其实我很佩服你，因为你最终认清楚自己要过的生活是什么样子的。不要害怕贫穷和其他东西……"

"我不怕啊。"

我正准备这样总结陈词长篇大论地说下去。他就这样打断我，气得我眼鼻错位。

我们走进黑乎乎的家里，爸爸妈妈已经睡了。

在更深的夜里，猴子告诉了我他离开的现实原因。

那是台风来临前一个晚上的事情了。第二天早晨，起了风，屋子里一片薄沙。我们像往年一样，忙着把门窗关紧。

这天我去看中医的路上下了雨，之后，我们就一直等着台风到来的消息。据说海边加强了防御，很多海上的渔民撤上岸来。家里又开始熬药了，我忙着四处帮猴子打听其他城市的情况。爸爸打了通宵麻将，后来，他答应妈妈一起去海边买海鲜，但走到半路，他闹了肚疼，连忙返家两次拉肚子……

这样的时候，该是沈复在《浮生六记》会记录的时刻吧。痛苦地走向决定的时刻。温情的、冷酷的、决断的、牵扯的、难忘的、不堪回忆的那种时刻。

我却仍然想为了他们每一个人，兵来将挡，水来土掩。

找一个共同的城邦

猴子，我们来玩"浪漫满屋"的游戏好不好？

"是什么？"（警惕地）

"哎呀，就是像电视偶像剧里经常出现的接吻桥段一样的接吻，我们来玩一下嘛！"

"怎么接？"（疑惑地）

"就是那样嘛，喏，那样，就是男生把嘴唇贴在女生嘴唇上，两个人的头颅朝不同方向各扭转四十五度，双眼微闭，然后就贴着——光！贴！着！哦！然后镜头拉开，拉呀拉呀拉呀，还是贴着——就是这样的接吻方式呀，我一直很好奇呢。这样接吻，会不会闭过气去，我们试一下嘛！

"不要啦！"（烦躁地）（舞动双手驱赶地）

"来嘛！来！"

（停顿）

"哇，你干吗啦，干吗吐口水在我嘴巴里啦！人家电视里不是那样演的啦，重来啦！Action！"

（停顿）

"你闭上眼！把头扭过去啦！像个傻鸟！"

（停顿）

"时间要长一点啦，不能蜻蜓点水！"（把对方头按过来，死死地）

（长时间停顿）

"妈的，你他妈是不是睡着了，难受死了，放我走啦！"

（抽打）

——"没想到中间竟然有这样一段好日子"，顾城在《英儿》里这样说。

有一次，在福州书店里，我们在找伯格曼的人体素描，可能叫格里曼？忘记了，总之是找一本打听来的，也许子虚乌有的书。为了这本书，我们在书店里消磨了，像传说那样漫长的时间。

很多时候，我们并不在同一列书架前，但是经过找寻，总能看到对方。

"我想买《追忆似水流年》，"猴子说，"还有《猎人笔记》。"他后来又说。

"天呀，难道连这两本书你都没看过吗？！天呀！"我大呼小叫，其实心里可高兴了。以前挑选史哲书，我总是没他老到。

"这套推理小说不是本格派吗？"他还越过很多人头，这样喊过来。我们装着在找某一款书，可心里实际上毫无打算。

"这本《猎人笔记》翻译得不是顶好，"我装老大地说，"我建议你买那个老版本，"我简直挥斥方遒，"当然，以你现在的文学文化水平和暴力美学观的性格特点，我力荐你看《二十二条军规》啦。"

后来，猴子果真买了《二十二条军规》！这是我们家第四本《二十二条军规》了。但之前，他从没看过约瑟夫·海勒。

那天夜里，从书店出来的路上，我叫他给我买只小猴子洋娃娃，头发卷卷的、手里还拿着一只小香蕉的小猴子洋娃娃。

"你不在的时候，我跟小猴子睡，就一点都不怕了！"我把头埋在小猴子洋娃娃的脑袋里，夜灯之下，拽着他的书包带走了很远。

"好呀！"猴子头也不回地说，"可是我要跟你说件事耶。"他又说，"刚才买娃娃的时候就发现了呢！"

"什么嘛？"

"我跟你讲哦，"他转过脸，可神秘啦，"这只小猴子洋娃娃的脸，"他顿了顿，又说，"有点像你的领导大包子头头哦！"

"好恐怖哦，啦啦啦！"在我还目瞪口呆的时候，他却手舞足蹈起来，"像大包子头头哦！"他这样说，还在我身边打着圈。

"才不像！"我愤怒地说，便和他厮打起来。

这是发生在很早前，一个夜里的事。

独自在福州小房子里的时候，我晚上睡觉总得开着盏大灯，没事的时候，我会长久站在门边，凑着猫眼朝外看，在最深的夜里，我经常会突然起身拿木桶抵着门。孤单的时候，我就突然变成胆小的人。

后来，猴子果然离开厦门，前往北京。在他彻底离开前，九天前，同样离开福州往厦门的长途车上，我们并排坐在一起。手拉着手。

"我告诉你哦，《二十二条军规》里，有一个章节，特别特别悲伤呢。"

他冷不丁这样对我说。

可当我问起，到底哪个章节让他悲伤，他却害羞起来，怎么也不肯告诉我。

"告诉我嘛！"直到我愤怒地喊起来，他才翻给我看。

《二十二条军规》"博洛尼亚"章节，译林出版社 2006 年版，第 156 页。

这个章节说的故事，是轰炸员约塞连所在的飞行中队，接到好几次轰炸博洛尼亚城的命令了。经过天气、人为等种种因素耽搁，到某一天，这极其危险的轰炸任务终于迫在眉睫，即将成行。

但是，约塞连"就连去目标上空盘旋一次的勇气都没有了"。飞机起飞后，他怕得要命，以至托词一只对讲机坏掉，命令飞机马上返航。

于是，在空军小队其他飞机飞向高射炮时，约塞连机组怀着劫后余生的侥幸心情回到营地。营地阴郁如昔，提前返航的飞行员轰炸员们烦躁不安，既害怕又疲倦。

但很快，空军小队剩余的飞机全部完好无损地返航。有一刹那，约塞连觉得自己受到命运的捉弄，他错以为因为云层太厚，使这次轰炸任务无法实行，只能延期。这种想法差点让他发了疯。

但是，他误会了。轰炸博洛尼亚的任务已经完成，那个城池遭到轰炸，那只是一次例行飞行，那里根本见不到什么高射炮。

——这就是打动猴子的"悲伤"故事。在他收拾行李，离开厦门时，我们都装作很忙的样子，什么也没说。

可我记得他说过这话：

"小肥猫，我告诉你哦，《二十二条军规》里，有一个章节，特别特别悲伤呢。"

在我们七年的恋爱过程中，为了我，猴子在厦门度过了六个月。好几次，他对我说，他想回北京。

但因为种种原因，这样的决定一再拖延。

猴轰炸员，你是否命定要飞向博洛尼亚呢？

（可是，我有时真不想相信我还有什么使命了！要知道，我连晚上睡觉都要开着灯呢！）

猴轰炸员，你确实知道那里有什么，值得你轰炸和摧毁，或者值得你付出一生去重建吗？

（可是，我和约塞连一样，开始觉得贪欲深不可测，体会害怕、恐惧、烦躁呢！）

猴轰炸员，又是什么拖延了你？让你重复失去、又再次得到勇气？

（我需要帮助，我总忍不住长久站在门边，凑着猫眼朝外看。）

亲爱的猴轰炸员，最后，也是最重要的，你确定这不是命运又一次的捉弄吗？

（今天一天，我们在股市上赚了千把块钱。但也在今天，在大盘逼近六千点、楼盘价破万元，可人均工资也只有千把块钱的今天，什么才是我们的事业？是我们安身立命的城邦与家园？）

这也许真是悲伤的故事，但和约瑟夫·海勒一样，从一开始，我就试图把它伪装成一个喧嚣的、饶舌的，起码能博你一笑的故事。

哪怕我仅持有那么一丁点言语的能力，我都一直这样努力。

嗯，我喜欢你。

"猴子，我们来玩说真话和大冒险的游戏，好吗？"

"怎么玩？"

"就是你把胳肢窝露出来，然后我要咬你喔！如果你一眼都不眨，也不把胳肢窝缩回去，我就相信你永远永远都不会爱上别的女人，你的心永远都不会离开这里了呗！"

"妈的！这些和我的胳肢窝有什么关系！？"

当然有关系了呀！我会磨牙呀，会对你的胳肢窝呵气喔，我还会用力地咬你呢！如果你大义凛然，一动不动，我就相信你是一条坚毅的汉子，就像柳下惠一样。万一你连这点小问题都扛不住，我可是会鄙视你的！很不信任你，不信任。这样！

"不要啦！走开啦！跟你爸爸妈妈讲你啦！……哇！你还真咬呀！我抽你喔！"

说说猫，说说分手

1. "小肥猫，我到北京了。我跟你讲哦。房东有两条猫。一条小小的猫，叫小猫，一条是老猫。还有，老猫是房东在美国工作的时候，在街上拣的呢。"

"那就是美国的猫？那你们交流有没有问题啦？"我问。

"它冷冷的，都不爱理人。"

"哎呀，我们不要说猫好不好啦，说点别的嘛……别的……"（发出些奇怪的令人联想的"嗯嗯"声）我说。

"不要啦！挂了啦！"

"妈的，那么拽！以为自己是美国的老猫呀！"我说。

2. "小肥猫，我跟你讲哦。那只小猫跟我可好了，现在。因为我喂它吃米粉。我晚上睡觉的时候它都要爬到我床上来。我就把它丢下去。它又爬上来。我打它，它就好可怜地看我哦。"

"哇！我就知道会发生这种事！把那只淫猫丢出去啦！哇哇！"我说。

"好啦，我没跟它睡啦。我都没理它，还打它。"

"那只死淫猫，哇哇哇哇。"我说。

3. "猴！子！你大白天还在睡觉！是不是搂着那只死淫猫？！"我说。

"没有啦，我跟你讲，它要被送走了。它原来的主人回来了。"

"太好了，猫精，早走早好。那只老猫有没有打你的主意？"我说。

"没有啦，它很冷的。房东抱它它都会把房东抓出两道伤口。"

"可能时差一直没调过来？"我说。

4. "猴子，北京很冷了吧。房东出差，你一整天都自己在家，很孤单吧？还有钱吗？"我说。

"嗯，我跟你讲哦。现在老猫跟我可好了。因为这屋子就剩下我和它两个人。"

"哇，两个——人？！"

"嗯，两个活物——总之就那回事啦！"

"哼，你们有没有做出什么不伦举动？我告诉你哦，你要对得起达尔文进化论哦！"我说。

"妈的！没有啦！"

"那它现在在干吗？"我说。

"走来走去的，只顾玩它的玩具。"

"玩！具！？我还没玩具呢！真是人不如猫呀。哇哇，我不管啦，到底为什么啦？我干吗要那么孤独啦。哇哇我太不幸了……听我说话啦！不许挂电话！喂！"我说。

5. "猴子，你在干吗？"我说。

"找东西。那只老猫，把我的游戏卡藏起来了。"

"你怎么知道是它藏的呀？"我说。

"它老是玩我的东西，乱丢。现在连游戏卡都藏起来了！我没办法玩游戏了！"

"别生气呀。你好好问它呀，说不定它会告诉你哦。"我说。

"打！死！它！"

"不要啦。嘻嘻，不要啦。不要反目啦——你去哪儿，是不是打它去了？"我说。

"没有，钻到沙发下找游戏卡。"

"猫呢？在一边看你找吗？"我说。

"我把它关在外面了，走廊外。"

"呀！会把它冷着的。"我说。

"不管！我不能玩游戏了啦！那只坏猫！"

6."猴子，你在干吗？"我说。

"玩。"

"噢？你游戏卡不是被老猫藏起来了吗？"我说。

"找着了。"

"哪里找到的？"我说。

"柜子缝里。"

"都一天了。你把老猫放进来没？"我说。

"放进来了。"

"它真好。它肯定是不喜欢你玩物丧志。它是只美国的好猫！我要衷心谢谢它！"我说。

"嗯，不过我跟你讲哦。它现在不理睬我了。本来它都会过来趴在我脚边什么。现在都不理睬我了。"

"当然啦，你把我和它的心都伤透了！"我说。

7. "猴子。在干吗？"我说。

"看书。"

"老猫在干吗？"我说。

"睡觉。"

"还是不理你吗？"

"嗯。"

"你看看！你看看！你非要伤害所有对你好的人吗？非！要！

吗？！"我说。

"好啦！很简单的啦！下次再给它吃的，它就好了！"

"不会的。伤害已经造成了！我们心里都有永远的裂缝！"我说。

8."猴子，老猫呢？"我说。

"睡觉。"

"老在睡觉。是不是它一直一直都不看你，也不理你，对不对哦？"我说。

"对啦！那又怎么样啦！"

"哼，告诉你！我们都抛弃你了，把你丢在历史的尘埃里去了！就这样！再见！"我说。

执爱信

如果你的男朋友恰巧也是个一身毛病和罪过的男人

虽然辛苦，但请你再努力一下，再用力地爱一点

因为

被爱像乘客，爱人像飞翔

首先，你要保持最不要脸的自信，坚信自己是最美最好的

克利奥帕特然

有一段时间，那会儿英国科学家凭借最新高科仪器，经过漫长又呕心沥血的学术攻坚战，终于合成出了最真实的埃及艳后克利奥帕特拉的 3D 图像。从那时起，我的手机就一直响个不停——一个被掩盖在历史尘埃之下很多年的秘密终于无法避免地被揭开了！原来，埃及艳后克利奥帕特拉跟活脱脱的我：一模一样。

我很难用语言表达自己得到消息时那个刹那的感觉。啧，怎么说呢？就好像安徒生童话里那只丑小鸭，蛰伏凡尘几多年，一举艳名天下知。但因为历经人情冷暖（注：多少年了，多少年我都一直强调自己是美女，可没人应和过我！），我早把名利置之度外，本人变得很飘香很低调——这就是现在的我。

所以说，这个消息的公布，改变最大的真不是我，而是我身边的人。他们尽力调整着自己的审美观，努力跟上古罗马执政官们的艺术感觉，重新审视我。"原来你真是埃及艳后转世呀！"以小笑为首的亲朋们变得对我很谄媚，连邻居家的贵宾狗都多看了我几眼。台湾顶级漫画大师（为什么是漫画呢？真的好郁闷）艾雷迪抢在村上隆之先，向我伸出橄榄枝，

邀请我担纲他下一部长篇漫画的第一女主角。知名社会学分析师、媒体人李大人坦言："粲然的个人经历折射出千年前就有全球化存在的宏大背景，是世界人民利用投胎进行人口大迁移的最好例证。"更有亚洲催眠大师联络我，要唤醒我前世的记忆。总之，跟王昭君啦李师师啦林志玲啦当初的发迹史相似，我身边迅速啸聚了一批文人墨客，个个都指望凭借讴歌和分析我的美貌与身世，获得当局的赏识，博得青史留名的机会。

被科技和时代推到风口浪尖的我，想到未知的将来就忧心忡忡。男人呀，你们的名字叫善妒！要知道，当初因为得不到克利奥帕特拉，但丁、莎士比亚没经过调查，就随意骂她是"旷世的妖妇"、"任性而不专情的女人"。想到马上就有一批历史学家以考察古代史为名，一批社会学家以分析艳女人性为名，更有一批炫富的暴发户以得到"埃及艳后"为名，逐"然"中原，江湖上又要掀起一番血雨腥风，我就悲从中来，无法相信爱情，开始咒骂莫测的命运，深刻地感受着"红颜自古多薄命"的预言，痛苦得差点背过气去。

职场最重马屁学

有一回，我们电视台最漂亮的女主播跑来向我学"拍马屁"。"小然小然，"她真心实意地请教我说，"我这人就是心太直了，说话老得罪人，你教我拍马屁好不好？"唉。可见，一个高明的拍马屁者——像我，是会引起企业文化的裂变、旁人的自我拷问和人生观改变，以及所有人的尊重的。

"哼，你不用学，根本不用。"我做出很忙的样子说。

"教我嘛，我真是太想学了！"她可苦恼地求我，"为什么不让我学？"

"美女都不用学这个。"我飘香地回答。

"哪有呀！你都不知道呀！美女也是会得罪人的！我真的很想学拍马屁呢！"她急切地说。

虽然她是我好朋友吧，可我现在不大爱理睬她了，哼。每个人都找我学拍马屁，我哪里有那么多时间？把我当孔子呀！

可是她缠我缠得实在太厉害了，几乎都要哭了。我最见不得女人哭了。只好对她实话实说——

"好啦，跟你讲啦，你资质不行！根本不是这块料！"

"对哦……"她反省了一下，"头刚才也说，只有你拍马屁，才是最高明的……"

我得意洋洋兼爱理不理地点了点头。

"嗯哼。"我说，就又要跑去忙了。

"可是！为什么同样的话我说就不行呢！"她还兀自围在我身边乱转，"教我嘛，教我嘛"这样唧唧歪歪地喊着，很不得了。

"跟你讲，我说你资质不行可不是乱说的。拍人马屁这种事情，首先要有灵敏的时代洞察力和见缝插针的钉子精神。我提倡的不仅是拍人马屁以无形，还提倡拍人马屁以每句话，每个字里行间，甚至把拍马屁和自己的人生紧密地结合在一起。我以我血荐轩辕，我拿马屁赌明天！要时时刻刻以拍马屁为己任，兢兢业业、勤勤恳恳，拿出古代潜伏山林土匪的意志，时刻观察动向，一有机会猛扑而上，给对方一记有效的重创！懂了吧？"

当然，我传授这样深奥的拍马屁理论，初学者是不大懂的。于是我只好耐心地联系实际，跟她讲解说："比如，我刚才说'美女都不用学拍马屁'，你的回答就是错误的——什么叫'你都不懂。美女也会得罪人'？这话真是犯了大忌！那就是说我不是美女？幸亏我还算明白事，摊到别的女人身上，她们非恨死你不可——所以，我说，你要张大耳朵，在别人的每句话里挤出自己拍马屁的原材料来。"

"哇！"她崇拜且诚惶诚恐地仰望着我，"真的耶！"

"嗯哼，"我飘香地说，"你换种说法我听听。"

然后我们又重新演练了一遍。

"美女都不用学这个。"我飘香地说。

"那你那么美！比我美那么多！你拍马屁的功夫还那么好！"她翘着嘴，把身材扭成摆动的 S 型，说。

"STOP！"我严厉地喝止她，"你又错了！"

"哇？！"她泫然欲泣地看着我："为什么错了嘛？"

"拍马屁，"我清了清嗓子，居高临下地说，"很多人都以为是歪曲事实，脱离实际。这是对拍马屁严重的误解！比如说，我明明没你美，你这样说，会被我认为是讽刺、是贬低，绝对不会认为是拍马屁，同样会把自己搞到得罪人的境地！真正高明的拍马屁，强调的是马屁联系实际；讲究的是文字上的稍微夸张；要让被拍者和旁听者都认为'确实如此，切中要害'。"我歇了歇气，继续说："比如说，你要夸奖人家的耳屎，你绝对不能说：'哇，好香好可爱的耳屎呀'，而得说'哇，真是又黄又大又流汤呀！'你要夸奖人家的大便，绝对不能说'哇！真是连勾践看了也想吃的大便呀！'而得说'哇，太大坨了！太臭了！真是我闻过最臭的大便了！'——这样，你不仅是个拍马屁者，也会被所有人认为是个品行正直的人！"

"还有，"我又说，"你刚才拍马屁时的态度也不对。拍马屁，要让人觉得这些话是从你的肺腑里吐露出来的，是火！是血！是心！绝不是吐了一口连自己都不敢回吞的痰！拍马屁，是智慧的结晶！而不是花瓶的发嗲！"

　　我喘了口气，最后总结说："所以，你蜕变成知性女人的第一步，就是要学好拍马屁！"

　　在我高深的理论轰炸下，她变得很低很低——并且有点精神分裂……

　　"那我到底要怎么说……"她声若细蚊地问。

　　我觉得她已经无可救药了，瞄了她瑟瑟的身子一眼，最后一次给她机会，示范道：

　　"比如我说'美女都不用学这个'，你可以回说'可是，你也很美呀，为什么那么懂呢？'或者浓缩成'乱讲！那你为什么学这个呢？！'。否定的态度要激烈点，面容要诚恳痛心点。"

　　"哦！"她说，"那我再试一遍哦？"

　　"嗯哼。"我飘香地点点头。

　　"可是——你也很美呀！为什么！？那么懂呢？！"她带着一种无可比喻的面瘫表情，一字一句地把话说完。

　　然后，赶紧诚恳且战战兢兢地看着我。

半晌……我才说话：

"话是说得没错啦……"我吞了口唾液说，"但你的表情……真的很……贱……呀。"

"难道，我每次对头儿说这样的话的时候，脸上也写着……贱……字吗？"我问，简直要被吓哭了。

"没有啦没有啦，"她急忙安慰我，过来抱我，说，"你每次对头儿说这样的话，我们都觉得你好诚恳，好认真哦！"

"骗人啦！"我说，然后开始吭哧吭哧地抽噎起来。

"真的，真的！"她瞪大眼睛，非常非常真诚地说，"每次你说这些话的时候，都好高贵的！反倒是头啦，每次听你说这些话，都高兴得笑得跟个大包子似的，他才贱，贱死了！跟他比起来你可高贵了！"

哇！美女主播同学，你无师自通了拍马屁的第三个要素：拍马屁，是要和夹枪带棒贬低旁人联系在一起的！只有这样的马屁，才是忘我的！刺激的！舍身取义的！

我荣幸地通知你！你！出师了！现在你可以去拍我们的头儿——你口中的大包子的马屁了！

要擅长制造高层绯闻

我的便当同事阿周，在午饭时间向我倾吐了一桩职场困惑。她的上司疑心她有强大后台，老是绕圈子问她，是不是某某的亲戚，或者某某的朋友？虽然阿周确实是某某领导的远房亲戚，但她很有道德感地坚持表现出毫无背景的样子。"以前书本上不是教导我们说，靠背景混职场，会被人瞧不起的嘛！"她愣头愣脑地说。

为了开导她书本说的并不全是真理，我说了个故事——

以前，我混过的单位有个女人，经常不来上班，同事们背后老刻薄她。有一天，不知从哪传来消息，说她和张朝阳关系非浅。哇！顿时，她的形象如同一轮红日，在我们心中冉冉升起！从此，她不来上班、开会迟到，全被我们认为与张朝阳有关，不仅不该遭受谴责，还得顶礼膜拜！但说起来，谁见过她和张朝阳在一起呢！所以说，有背景，哪怕是没有背景瞎扯背景，都是非常必要的！我以过来人的口吻沉重地总结。

阿周顿悟地点点头，把嘴唇都咬出血来，说："那我下午就告诉我们头，说我是某某的远房亲戚！"

STOP！我做弹指间强虏灰飞烟灭状，阻止道："据我观察，摆背景最失败的，就是说自己是领导的远房亲戚——这意味着什么呢？意味着上头也只是因为一点血缘关系不得不罩着你；意味着一个可以容身的工作岗位和 soso 的工作待遇；意味着当上头要表现自己清廉无私时，你是第一个要开刀的人！"

"你的建议是？"阿周糊里糊涂地问。

"我觉得，"我慢条斯理地说，"职场上最有效的利刃，就是暗示自己是上头某位重要人物的情！人！这不仅是对你姿色的肯定，也是你工作待遇的极大保障！这条路，进可攻，退可守。没有人会认真考究它的真实性，但所有人都会参与传播你！"

我手舞足蹈说得正欢，阿周突然非常冷静地问："你用过这个方法吗？"

唉，想当初，我刚到单位那会儿，很是可怜。为了扬眉吐气和一鸣惊人，我鼓起很大勇气，决定要自我包装一下！首先，我认真观察了公司最高权力人物图表。随机选择了一个简单易记的名字。然后，选择了一个有利时机——大包子头头正试探我的背景："听说，好像是某某介绍你来的哦？"他假装轻描淡写地说。

我心中马上警铃大作："其实，那个……我跟那谁谁（我默念了许久的姓名）认识的年头比较长，但你也知道……他怎么好自己站出来说话嘛。"（附带各种不好道明，心照不宣，有难言之隐诸如此类表情）

……时间一段留白……

景仰的抽冷气声，崇拜的目光，暴风雨式的鼓掌声并没有如期而来。

恰恰相反，大包子怀着亵渎他智商的愤怒声嘶力竭地喊："就你还想和领导搞绯闻！"

所以，唉。含着一泡热泪，我对阿周总结道，在职场上，怎么制造绯闻，包括制造绯闻的分寸都不能有一点闪失。要不然怎么说，做一个职场女人很难呢！

OL小姐的AV灵感

大包子头头和马丁路德一样，I have a dream：他多么渴望能用严厉的军事化管理方式带领自己的团队！为此，女下属裙子短于膝盖者、室温 10°C 以下坚定穿丝袜者、男下属头发染色者、大夏天穿休闲裤衩者，都会听到他不留情面的震天咆哮——当然，我是一个例外。当他最终确定他的确有个下属，头发呈毫无章法且无法改变之土黄色的自然卷、之前所有衣服都是泡泡裙后，就很觉得上天弄人，摊给他一个多舛的命运。每天看到我，就好像哪吒他妈怀胎三年后冷不丁看到一个丸子冲出她的小腹一样，无数无法实现的雄心大志涌现心头，大包子头头长叹一声，把工作匆匆交代好，就挥手叫我马上消失。

有一回，新开年，大包子头头的新梦想，是给下属团队馈赠一句"人生职业警句"。这个短小精悍的句子里必须包含：一个职业楷模 + 一个职业态度 + 一种非此不可的命令语气。类似"学习某某好榜样，安全生产不敢放！"他把我叫过来，说："你！想一下！"

说实话，这个"人生职业警句"让我很伤脑筋。夜晚。正当我在电脑前苦苦思索时，美女主播出现在我家里，她吞咽着鸡腿堡说："粲呀然，我是为了和你一起看恐怖片才来的！"

"可是我下了好多 AV 片哦！"我充满憧憬地看着她。

"AV 片……"美女主播像是疯了似的，四足扑腾，"不看啦，不看啦。"

有时候，美女真是蠢得挺不可理喻。我心里想着，嘴上还耐着性子劝导她，跟她讲述伦理片（就是三级片＋A 片＋AV 片统称）的种种好处，为了鼓励她，我还说了一个故事。有一个几乎跟她一样美的韩国女孩，叫朝河兰，回首她的一生，真是很不容易。作为一个韩国人，她像王昭君一样跨越种族裂痕，深入 AV 大国日本，并在短短一年间，成了日本 AV 女王！如何在一个 AV 文化大国引起新的 AV 时尚？只能我以我血荐轩辕。一年 365 天，她拍摄片子达两百多部！在这样高密度的工作频率下，也只有一年，她就累倒在工作岗位上，以肾衰竭结束了自己年轻而多彩的生命。是以，色界用一种说法向她致敬："看片不看朝河兰，便称淫魔也枉然！"你看，今晚我们有机会好好观摩下这位电视前辈的英雄历史，你为什么要拒绝呢？

话音刚落，我忽然被自己惊呆了！

啊！这不正是我遍寻脑海，所要寻觅的感动全亚洲的电视职场英雄吗？那句久寻而不得的"人生职业警句"猛地跃然纸上：电视劲旅多奇志，人人争学朝河兰！做出片子多而精，亚洲各国千古传！

要做才女也要做花瓶

男人对他身边的女人，一向有两手准备。生活中自不用说，在职场上，就是让一个女人站在他身前为他装点门面、招揽看客，再让另一个女人拿着支架以及其他固定物，站在他背后支撑身体啦灵魂啦或者旁的什么东西。

后来，人们把站在办公室男人身前的女人，叫做"花瓶"。站在后面的那个，美其名曰"才女"。

"花瓶"和"才女"的角色扮演，跟"红玫瑰"与"白玫瑰"一样，在每个女人的一生中，都很游移，随时转换。比如在一艘女性近乎绝迹的海盗船上，胖厨娘理所当然变得美如天仙；又比如说我！一向都是当"花瓶"的不二人选嘛！可美女主播出现后，在大包子头头眼中，我就莫名其妙成了"才女"啦！

男人心中对"花瓶"与"才女"的定义和划分，基本上秘不告人，但日久天长便显露无遗。就好像最近，节目组一请嘉宾，大包子头头就要求美女主播来个端茶倒水、介绍本城游览胜地什么的；轮到嘉宾要谈个台海局势、逸闻杂事，他又立马坚定地把我推到前头。长此以往，搞得我和美女都牢骚满腹。"什么嘛！把我当前台小姐，难道我没有脑子吗？"主播抗议说。"什么嘛！把我当领导助理，难道我身材不火辣吗？！"我也强烈质疑说。

后来我们惊恐地发现，大包子头头连他跟我们俩闲扯的话题，也有意无意地进行了区分。比如，他和美女主播谈的就是本季时装潮流啦、夏天要用哪个品牌的防晒霜啦、哪个寺庙抽的签神准啦、哪个男人和哪个女人到底有没有过一腿啦……简直把她视为活的"天涯八卦论坛"；而和我谈的则是马英九的施政纲领啦、三通会带来什么直接经济效益啦、德川家康到底通过哪几次关键战役巩固地位啦……搞得我非变身"百度知道"不可。

在此后的日子里，我和美女主播为争取坐上对方的"宝座"，对彼此进行了惨无人道的攻击和反扑。我先后诋毁过她平胸、见老了、没有气质，而主播，据我所知，则指责我只会谈形而上话题、书呆子、没情趣。其实细想一下，我们俩毫无深仇大恨，只不过因为不满领导对自己的职场定位，而演出了这样一场轰轰烈烈的办公室"龙虎斗"。

所以说，古往今来，所有惨烈女人的争斗大戏，究其根源都是作为领导人的男人职场分工不明确而引起的。从这点出发，我不得不同意那些女性主义者的说法——推翻男权统治，互相诟病的女人们也就有机会成为好朋友。

其次，要搞定你的职场，免得后院起火

职场要提倡分党结派

分党结派——这是我对职场的最高理想，能生活在那样的单位，该有
多么幸福哇！

在我的想象里，那样的单位应该是这样的：A头头和B头头势如水火，
简直无法共生。他们各自带领一帮手下，而这些手下每天最重要的工作，
女的就是扎死敌的稻草小人，再用针拼命在上面疯狂地插插插——以损伤
对方的肉体。男的就是在所有公开会议和私下场合唾沫横飞地诟骂对方，
凡是对方提出的方案，都要反对，凡是对方采取的行动，都要阻止，以损
伤对方的灵魂，这样。

在这种单位里，每天，都有一群女敢死队员，为迫害对方道德形象，
跑去色诱对方成员。奋勇而上，铩羽而归，成功的仅寥寥几人。还有很多
男敢死队员，扮作行贿人员，给对方下套。还有几对不幸越过职场生死线
相爱的男女，最后只好仿效朱丽叶与罗蜜欧去死——凡此种种不胜枚举。

总之，在这种单位，分党结派之争与世长存，要说多复杂有多复杂。

我是多么希望能遇到这样的单位。光想着要投靠哪一派，就得花费

很多很多的时间。

A头头和B头头当然都会郑重地找我谈话，深沉地说："请来我这边吧，我会罩着你的！"或者威胁我说："不到我这派来，叫你混不下去！"或者严肃地说："你总要选一派的，这年头就没有没有派别的人！"

我的心会用一种慌乱的方式甜蜜着，因为我被我的单位所需要呀！然后，我会觉得A头头说的话似乎比B头头更得我心——更靠近正义，这点很重要——我就投靠了A头头。可是，我觉得B头头也有他的难处呀，所以，我又显得很彷徨的样子。

B头头表现得很大度，很体谅我。为了报答他这份恩情，我只好告诉他很多A头头那边的秘密，我可不是在挑拨离间，我会显出很公允的样子："其实你们俩都是高处不胜寒呀！"我会这样体贴地说。"哎呀，你们俩虽然有很多敌人，但都没有一个私敌！"我还会这样肯定地说，显得又有文化，又有档次。

同样，基于信息公允原则，在A头头那里，我也会告诉他很多B帮的秘闻。虽然我做出斡旋大使的摸样，可不知道为什么他们还是被彻底激怒了。

最后两派进行了一场大！决！杀！

清晨来到办公室，同事们互相枪杀的尸体都堆到大门口了。我打卡，默默地打扫着，把所有的尸体挪开来，脸朝各自头头的办公桌身体砌在一块，再用白色的抹布擦干净自己的办公桌，准时开始办公。

因为，虽然有时候玩儿无间，我依然是一个勤勉的、守规矩的下属呀！

当然，这都是我的梦想。我好想到这样的地方工作，或者有人专门跑来问我说："喂，你是什么派的呀？你要不要加入 XX 派！"为什么我从来没享受过这样的荣耀呢？我时刻准备着很有事业心地投入分党结派的伟大活动中去。

其次，要搞定你的职场，免得后院起火

混职场要变相诚实

每次听HR培训，专家们都上穷碧落下黄泉地考证、声嘶力竭地规劝、穷凶极恶地威胁："在职场上搞不诚实？是没有前途的！"这话当然是没错啦。但"诚实"的分寸、尺度、方式，他们统统没有细加分析演示。这个重任不得不落在今天的我身上。

很久以前，有首有名的宋词叫《少年游·并刀如水》。关于这首宋词，背后有段故事。说的是大学士周邦彦和皇帝宋徽宗都和李师师谈朋友。有一天周李二人正卿卿我我，突然宋徽宗到了！周邦彦忙走避床下，足足趴了一夜。第二天，把所见浓缩成51字精华，公布于众流传百代。

这则众所周知的故事，在我看来，简直是职场诚实论的"圣经"！首先，它告诉我们：职场诚实要讲究时机。上司正怀着泡妞的美好希望与憧憬，冷不防下属从床下钻出来，"Hi，老赵，我打过卡才来的。"其罪有三：1. 坏我雅兴。2. 特地跟踪我，查我寻花问柳的把柄？3. 勾搭我想泡的马子！每条重罪，都足以给你一百双小鞋穿。为了避免造成"牺牲式的诚实"，周邦彦理智地"蛰伏"了一夜。

其次，职场诚实要讲究方式。试想，次日，宋徽宗边怀想着昨夜星辰边吃着小果儿，周邦彦过来交代思想，一把搂过皇帝的大腿就哭诉自己做了件"对不起您和国家的事——昨天在您约会的床下躲了一夜！"老赵不直接找个地方"廷毙"他了才怪。

而周邦彦的做法就高妙之极。他看准了他的上司是一位"附庸风雅、希望得到个人包装、自己又写不出什么风趣文章的人"（咦？怎么跟大包子头头这般暗合？），以一首词作为自己的认罪状和忏悔录。这份"迟来的职场告白"还能直接拿来当职称评定论文，与绩效挂钩。

说了这么多，全是教育你们要变相诚实！千万不能因为诚实而让自己做出牺牲。当然，最后也是最重要的是，不能不诚实——要是老周不诚实，在床下趴了一夜或遁地逃回家。日久天长，皇帝有了耳闻。对这样的下属又气又愤。随便找个理由，轻则炒鱿鱼重则焗死。这有多可怕！

像大包子头头，他理解的"变相诚实"就是，每次他的上司要他提一个方案时。他就提三个方案，其中有一个是他自己喜欢的方案，其他两个方案会写得特别差，"以供领导删除"。他觉得这种行为，既保证他诚实表达了自己的意见，又确保了领导的权威。当然，这三个方案都是以面授机宜的方式命令我做的。

而我理解的"变相诚实"就是，当领导要求提供三个方案时，写五个方案。其中有两个方案写得很差，以保证领导的领导"肯定会删除"，剩下三个方案，用不同形式把大包子要说的话说三遍，以备大包子为突出他的权威时需要"删改"。所以每个月，我有一半的工作时间在写汗牛充栋的方案，还有一半的工作时间，仿效先贤周邦彦，写关于他的专栏。专栏里，大包子头头又暴戾又高高在上，完全符合他潜意识里对"一个领导"的所有包装与想象。

老板新鲜人的第一课

刚混入老板圈那会儿，我特地买了台 iPad 揣在兜里。当然，这绝不是要在老板们闲唠嗑时扮演工作狂的形象。试想，当一群老板人五人六地嚼着卡布基诺，带着飘香的劲儿谈着观澜湖的高尔夫球卡、非洲自驾游、巴黎时装周时，你还玩儿命地独自向隅、敲击键盘，旁人绝对会把你打入秘书的另册。这不是劳工身份又抬头的先兆了嘛！

不，这台 iPad 的作用，不是用来工作的。而是用来 —— 上购物网站的。

说起网上购物，据我观察，老板们绝少染指网上购物，甚至也鲜少逛街血拼。某天，他们决定买点啥东西时，就会跟左近的跟班或家眷（两者的身份经常重叠）说："去，给我整点 XX"或说"叫人把 XX 送一打过来"——那神态，和电视剧里常演的日理万机老板形象如出一辙。

一次罕有的机会发生在我和某女老板喝茶时，席间，她骤然想买"新裙子"，邀我逛商场。那次经历让我彻底领教了老板买东西的态度。那不叫"购物"，而是"指物"。偌大商场逛过去，看到喜欢的衣服随手一指，

马上包起。至于尺寸大小，谁在意，不行就丢了呗。

所以说，老板是不会花时间网上购物的，实际上他们连购物的乐趣也不懂。

话说回来，这台 iPad 的作用也不是为了和老板共享购物资讯之乐趣。

实际上，它是我进入老板圈的重要辅助工具呢。每每和他们聊天，谈起新款爱马仕的包啦、NBA 某赛季的联票啦、澳大利亚某抗老化健身品啦——我就拎包、急出，躲在厕所里把如上资料查个遍（最重要的，是上国际性购物网站，落实物品最新价格），再小步趋出，款款落座，云淡风轻地谈起"上次我买它"时的经历。久而久之，我就成了走在"老板购物"潮流尖端的人物——看吧，经济泡沫就是这样被吹出来的。

自从有了这台 iPad，我对一切世界级奢侈品的价格动向便了如指掌。让我犯难的，倒是在超五星级饭店豪华厕所里的消费价格。每回如厕，便见一妇人着白衣，端手帕站在门口迎接我，身边还放一小篮子，放满钞票。掠眼看去，尽是百元大钞（最悬的一次，放眼望篮子，里面连一张看得懂的人民币也没有！）——上个厕所竟然要给那么多钱！我几乎按捺不住自己，想跟那妇人厮打、理论。

后来，我突然回忆起，我现在已经是女老板了啊！带着悲欣交集的情绪，提着在这种"乱收费"场合一点用也没有的 iPad，携一颗破碎的心，我掏出自己最后一张十元美钞（同时在头脑里精密地换算着兑换率），脱手，扣篮。

其次，要搞定你的职场，免得后院起火

策马西风王精睛

我的拍档叫王精睛。王是他的姓氏，前一个"精"字，指的他狠辣强硬其疾如风侵略如火的商战风格；而后一个"睛"字，则指的是他成天怒目圆睁，跟个灯塔探照灯似的巡弋在员工——和我的头顶，敦促着大伙干活——这样的面部特征。

有这样的拍档，我的商场第一役很难不悲喜交集，徘徊在冰与火的边缘。

王精睛的一天工作时间是这样安排的：早晨 8 点～夜里 12 点是工作时间，12 点后，他拨冗和新合作伙伴（特指我）畅谈幻想中的企业未来。就此，他跟我解释说，根据他久历商海的经验，"造梦"可是企业文化里非常重要的一环！像马云啊沈南鹏啊还有那个谁谁——反正中国所有民族企业家都是靠"造！梦！"，挺过创业时三餐不继头无片瓦的艰难时期。

问题是，成日被他驱赶着有如一头弩马亡命奔跑、到晚上已经口吐白沫奄奄一息倒床不起的我，实在不能再给王精睛所谓"数着钞票过日子"的未来留下哪怕一丁点想象的余地了。一开始，我还怀着对"三餐不继头无片瓦的艰难时期"的巨大恐惧，忍着困意听他在电话那头亢奋唠嗑儿。但不过三日，这种对贫穷的恐惧也被当下的巨大疲惫感吞没了。于是，在创业初期的每个夜里，我都在"明天到底会跌到生活的谷底或者攀上社会的高峰呢"这样的终极思索中，枕着王精睛极富煽动力的话语，迅速睡着。

当然啦，能和顶着"全国十大 XX 大师"头衔的王精睛做拍档，还是极其幸运的。我学得很快——嗯，我的意思是说，当王精睛听到某件有"赚头"的事，他马上跟猫神附体似的，眼发绿光，全身细毛耸立，嘴角掠过一丝杀人不见血的笑意，蹑手蹑脚地朝前挺进。在从前，我会瞪大眼睛，用"这人样子好奇怪呀"这样路人甲的事不关己的眼光观看着他，把他气得七窍生烟，咒骂我的舌头伸出来，足够把自己青筋爆裂的脖子勒断。而现在，我起码也会扯直头发，努力假装另一只猫神附体的样子，屏着呼吸，扭着屁股后臆想的尾巴，尾随其后了！

为了庆祝我满师，上礼拜，王精睛放手让我独自出差谈个合同。

"对啦，你最好住如家。然后跟合作伙伴约在边上的五星饭店，造成你住在五星饭店的假象。"末了，他还远程电话指导我，说。

"不要！"我断然拒绝说。"我现在可是女老板！"为了面子，我反抗说。

果然又遭受了疾风骤雨般的怒骂袭击，夹杂着解释如今世道如何不好我如何不懂事的道理阐述……我抹了抹鼻子，搬进如家。

唉，怎么说呢。如果我不屈服，因为愤怒，王精睛可能会暴死在电话前，临了还跟严监生似的，伸出两根手指——示意办公室的灯太多了，只能留一盏！

说不迷信是骗你的

我刚下海跟王精睛一起干那会，他掏心掏肺跟我讲商道，说纵观中国当代民族企业家，真是泥沙俱下、鱼龙混杂。"有太多没素质没远见、迷信、抱着赚一票就走思想的人混迹在我们的队伍里，"他沉痛极了，"实在太需要像你这样高学历、高智商、高素养的人来把中国经济一起搞上去了！"

——这段听起来像是临时套用《红色娘子军》里洪常青台词的话，还着实把我这个"新时代琼花"给煽得不轻，在很长一段时间甚至产生了一种错觉，即：只要我和王精睛双剑合璧，世界金融立刻会转"危"为"机"，中国企业们也会从此走上品牌发展的康庄大道！

当然，王精睛压根没有类似双剑合璧的革命式旖旎想法。不像我只关注下海后那一亩三分田，他的生意一桩桩地在全国各地遍地开花，而他则跟个武林高手似的，成天在这些梅花桩上蹦来跳去，神龙见首不见尾。

有天深夜，王精睛给我打了个电话，交流了一下彼此的工作进展后，他突然长叹了口气，道："这年头，房地产真不好做了，差点赔了一票钱。"

说这话时，语气之悠长凄楚，使听者都险些潸然泪下。那一刹那，我以为自己正在和个中国房地产业的掘墓人打交道。而在他身后，黑压压躺着的，是一大片房地产商人跳楼的尸体。

不过，王精睛话锋一转，又兴致勃勃起来："幸好，我转型及时。那些传统的、迷信的、不认真研究社会形势的房地产商人才会栽！而我，我又找到一个全新的，更赚钱的行业！"

"是什么呢？"我打心底里鼓荡着对他的崇敬，诚挚地问。

"我告诉你，不过现在还不宜大肆张扬哦——"他神秘地压低喉咙，说："你听过卖坟墓吗——（我的心在空无一人的暗夜里，无法阻止地一阵战栗），这年头，卖坟可赚钱啦……当然，我是高段企业家，咱们跟那种草根商人可不同。我可不买卖坟墓。实际上，我搞的是祠堂……你懂吧？直接面对高端消费者。我们的口号就是'花一千万给自己买个五星级的家，花两百万给家族安个不朽的祠堂'，嘎嘎嘎嘎……"

在盘旋在暗夜中的他的狂笑声中，我好不容易才插上了嘴："祠堂，那就是升级版坟墓咯？"

这样一言蔽之他生意的真相，显然引起其极大不满。不过停了一会儿，王精睛又来拉拢我："怎么样，这个生意也算你一份，和我一起搞吧？"他邀请说。

虽然，"炒祠堂"这档事，让我有点胆战心惊，不过人家既然开了口，也免不了有点虚荣——原来，我真是王精睛无法缺少的左右手呢！

"我看好你哦——"在电话那头，他还是喋喋不休，说："我第一次看你履历，就注意到，哇！好巧。你的生日是四月十七号耶。你知道这意味着什么吗？"

"什么？"我丈二和尚摸不着头的说。

"四月十七，就是'死要钱'呀！相信我的直觉！你跟死人做生意肯定会发财的，嘎嘎嘎嘎……"

就这样，在王精晴的狞笑中，我对做个"高学历、高智商、高素养"民族企业家的信念，荡然无存。

其次，要搞定你的职场，免得后院起火
我的助理史

遥想没有助理的当年，我认为拥有一个助理，其感觉近乎拥有一个农奴：在忙碌的时候驱使伊，在休闲时奴役伊，在孤独时对伊横眉怒指，无耻占用伊的劳动成果，叫伊为我写诗，为我做所有不可能的事（还包括：陪看鬼片、挑内衣、赞扬我的美貌以及日后为防止我乳房下垂做替身奶妈等）。

总之，作为职场新鲜人的那个我，曾固执地认为有助理的人，有资格在年老时写一部荡气回肠的《虐奴史》。

这几年，以个人身份接的项目多了。有些客户为表达对我四下奔波际遇之同情，颇有默契地帮我张罗起助理来。他们通常会飘香地说："给你安排个人，有个啥事好帮着跑腿。费用我们付。"于是，我骤然平添了多名助理——还分布在若干城市里，随时等我传唤。

刚有助理那会儿，我心里那个舒坦啊，眼里顿时有了"脚踏四方，囊括宇内"这样鹰隼般锐利的光！那会儿我最爱的事，就是在跟人谈判时，"出乎意外"地接到各处助理汇报事务的电话，然后在别人惊叹的眼光中飘得很高，很高。

等我的助理数量，达到六个之多时，我便做了个梦。梦中我助理成群，大宴宾客。助理们要以劝客人喝酒数量的多寡作为工作计效考核。但凡有客人在宴会中稍微一皱眉，马上横空出世两条彪形大汉，把他身边的陪酒助理拖将出去，就地正法——反正我的助理多得是哇。在宾客的赞叹声中，我从梦中笑醒过来。

然而，不到一个月，我就尝够了"助理繁多"的内中滋味。在中国商界，用于馈赠的助理，多半是两类人。

其一是无间道，扛着合同条律潜伏过来监视我工作进度。这类人一出现，就颐指气使得不得了，见事就说："我老板交代过……"活像钦差大臣似的。恨得我做梦都想冲上去抽他一耳光，高喊出中国古来那句经典台词："睁开你的狗眼看看——我——是——谁？！"可我是谁呢？说到底，给他薪水的依旧是对方老板哪，所以只能打落牙齿和血吞。

其二是对方远亲。在客户那边属于鸡肋型人物。工作做不好，斥责出门又怕得罪家眷，派驻到我这里，被形容成优差："没啥活，不用打卡，一年到头见不着两三回"。这类人一出现，容光焕发到令我心理不平衡的地步。无论我什么时候打电话交代工作，这类人不是在被窝里，就是在从被窝到饭局的路上。最重要的是，我私下怀疑他们很臭屁地跟朋友们吹嘘，自己最近跟了位白痴的主儿干活，以至成天游荡也能赚钱。

一个深夜，以上积怨集体爆发。当是时，我发烧四十度。临时需要提供一份两百字的宣传材料。我强撑病体，先向"无间道"助理们（看起来还灵活些）电话求援。他们的回答空前一致："老板没交代过，不属于我的工作范畴。"我又给"客户远亲团"打了一圈长途电话。其中两位在不同城市干着同一件事：唱 K。最后一位良心发现，决定从床上爬起来帮我写材料。

只不过，两小时后，我接到她带着哭腔的电话："我还是写不出来，到底怎么写啊？"

所以说，老板的幸福感来源各有不同，但老板的挫折感何其相似——就是半夜独自干着本来不应该干的工作。我顶着发烧的额头，怀着"明天就叫他们统统滚蛋"的决绝心情，病不瞑目地挣扎写完两百字。

在昏厥前，我以被打倒的资本家惯有的惨痛心情，发誓要写部《奴虐史》。

其次，要搞定你的职场，免得后院起火

商战中的怪力乱神

时逢百业萧条，据我观察，逆市而上的有限行业中，最蓬勃发展的，莫过于"神学道"。大前年，我认识一位混迹娱乐圈，专为明星解析面相、帮怨妇重建桃花运的陈姓老乡——那会儿他还遵循传统对术士的理解，成天撑着一墨镜，不改其衣裳褴褛之本色呢。陈神棍 2007 年后转行证券金融界，靠"另类大盘分析"的本事赚了点小钱，一咬牙，全投进 MBA 坑里。从此衣着光鲜、结交权贵，摇身一变，成了"哲思天势专业咨询机构"的董事长。

因为客户群比较接近，陈天师的"专业咨询机构"和我的"企业品牌推广工作室"打过几架。多番厮杀下来，我败得大江东去、屁滚尿流，并用个人悲惨之经历，铁板钉钉地论证了"人定胜天"这句传言，绝对是吹牛加忽悠。

为了在失败的残骸上踩上最后毁尸灭迹的一脚，陈天师降尊纡贵跟我展示过他手上几个"大工程"：

其一、为某跨国炒房团精心绘制的一张 A 市住宅风水图。在 1：100万的地图上，密密麻麻标明"吉"、"凶"、朝向、地段。按图索骥之准

确功能，绝不次于智能定位 GPS。此物秘不示人，世上仅存两张，另一张
"至今依然护紧炒房大亨的胸口"（我反应：听起来好像"铜尸"玄风胸
前九阴真经的人皮啊，真恶心）。

其二、为某星级饭店设计改装，大幅提升其入住率，并使之成为城市地标（我反应：该不会是走"灵异探险"路线招徕住客吧）。

其三、为某富婆改写其屡婚屡离的人生经历，让她在四十岁高龄大红大紫，桃花朵朵开（我反应：呃？难道是许纯美？）。

虽然我对他极尽藐视之能事，陈天师还是岿然不动，话谈终了还图穷匕首见地提出并购我的工作室，并称我和他的组合将是"思想（指他）和技术（指我）的融合"、"形而上（指他）与形而下（指我，真他妈的）的握手"。

虽然挺着知识分子坚硬的后脊梁——但垂涎重利，我还是数次列席过他们公司的"项目说明会"，亲眼见识大企业家们如何幻想通过我老乡上达天听。而在 MBA 里浸泡过的陈天师也将不卑不亢、有礼有节的气度拿捏得恰到好处，使客户们欲罢不能，哭喊着争先爬上"神学咨询"这条时髦的客船。

只有一次，我见识到陈天师的失控。那天，一位声称要在他老家鼓浪屿建"连锁民宿"的台湾小老板拜访他，请他为自己的产业"屈指一算"。陈天师一反常态花了一下午时间——不是拍胸脯骗对方的钱，而是苦口婆心劝戒他不要惊扰遍布小岛的魂灵。被触了霉头的台客勃然大怒，险些与他兵戈相向。

事情过了很久后，有一天我突然意识到陈天师那天行为反常的原因。在他的逻辑里，眼下从事的一切事务，那些倚靠神秘力量排忧解难、扶危救困——不管有没有效，都仅仅是他职业生涯的部分内容。而远在故乡的魂灵传说，却是从小加诸他心灵的传奇，是与他全部信仰相关的真理，和时间一样，无法穿越，无法改写。

这就是陈天师乃至大部分中国人对信仰和迷信最原生态的区隔：幼年听说、穿越岁月累计至今的相信，是信仰；用来对抗人生中所有吉凶的工具——尤其当它们失效时——就斥之为迷信。

生意场上的"表情经"

王精睛问我到底知道不知道自己什么时候让人最不爽。

我回答他说，像我这样美且贤的女人，放到哪儿都给人带去一股和煦的春风，基本上没有让人不爽的时候。除非对方犯了感官失调性焦虑症，仇恨世界上的一切——包括代表真善美的我。

"非也，"王精睛翻了翻白眼，说："你不知道，跟你一起和客户谈合同，到了砍价格的最关键阶段，你当时的表情往往极度欠扁。"他还补充说，就冲我当时的嘴脸，至今没有一位客户或合伙人怒而扁我，只能证明现在的生意场比前几年确实文明了很多。

"我当时的表情到底怎样呢？"我对回忆刨地三尺，都想不出一个端倪来。

"跟菜市场上自以为精明的的家庭主妇很类似，"王精睛归纳说，"对客户摆出一副'你非要让我占便宜不可'的斤斤计较气，人家提价格时不耐烦地翻白眼、大声呲嘴巴，要是吃了亏顿时捶胸顿足，要是占了便宜就忍不住嘴角一缕狞笑。"

虽然被形容得很丑陋——但是我还是忍了。"可是自古以来讨价还价都是这样啊，"我跟他理论道，"这是我心理最忠实的反映嘛！"

但王精睛说，这种嘴脸，只会出现在最市侩、最短视的生意人脸上。稍微内敛点的生意人，会把"哭穷"一以贯之地进行到最后，就算占了人家几百万的大便宜，嘴里还兀自哭天抢地，恰似生生被人砍掉一块肉似的。这种人长于"闷声发大财"，既赚了钱，又让客户自以为得计，是非常强的对手。

"不过，久而久之，这样的伎俩被人识破，反作用也是非常大的。搞不好，还会被冠以'大忽悠'的称号，"王精睛说，"这类人，修炼远未到化境。"

"那到底化境里的人讨价还价的时候，是怎样的嘴脸呢？"我不耻下问着。

"只有一个字，就是'冷'。"王精睛这一刻，好似古龙附身一般，动情地解释着。

我的眼前展开这样的一幕场景：谈判桌上，刀光剑影、唇枪舌剑，独有王精睛，身着白衣，长发披肩，面目表情堪称一潭死水，他高高地、高高地站在悬崖上（为什么会有悬崖呢？），俯视着脚下四处奔忙的我们。

空气，为他凝结。

突然，他手指微微一动（因为他太冷了，所以大家连他手指动一动都没发现），对手的头马上掉了下来，血随着脖子未断的血管大滴大滴往下掉。他依旧冷冷地，冷冷地结束他的战斗……

"想什么呢！？"还没容我回味"冷冷的"胜利场面，就挨了王精睛一声断喝。他说，"冷"根本跟我想的那些武侠场景没有关系，所谓"冷"，就是让对手摸不清你的任何底牌，是一种"无欲进而大为"的谈判理念，是不为外部局势而改变内心初衷的胸怀。

　　经他提点，我醍醐灌顶。为了从小市民买菜女彻底脱胎换骨变成谈判高手，我抱了一堆书，比如《FBI教你识别撒谎》啊，《隐藏你自己》啊，回家对镜苦练"冷"去了。

　　这种魔鬼式的自我训练在两个星期后宣告失败。王精睛痛苦地看着我因为苦练"冷"而显得越发诡异的表情，命令我去配个墨镜，专门在合同谈判时佩戴。

追求长发女生不可不知道的秘密

长久以来，我一直对我的朋友、翻译家阿离心怀嫉妒。因为从世俗的眼光来说，她简直就是女人味的代表人物！

其女人味的表现之一，就是：她的胸部实在太大了！大到但凡她坐定时，不得不先把臀部挪到凳子上，然后支起双手，缓慢搬动右乳，搁于桌上，再对左乳也如法炮制——的程度。有时候和她外出散步，我就会产生一种幻觉，觉得我身边正杵着根直立的、秤砣超重的秤杆，为了防止她支撑不了前胸的重量而冷不防前倾跌倒，我不得不时刻帮她托下胸，再托下胸——要知道，搞文学学术的女人跟长跑或跳芭蕾的女人一样，为了把自己全身心奉献给神圣事业，一早就得用钢丝把自己的胸扎起来，防止它发育过盛才对。现在，每当看到阿离招摇过市，不以为耻，反以为荣。我都气得两手发抖，认定她肯定无法领悟艺术的精髓！

其女人味表现之二，就是：她有一头乌黑亮丽、飘垂及膝的长发！好像现在的男人就爱这口。据说有一次，她在凉台上看书，把洗过的头发晾在栏杆上，就啸聚了一群闻香的苍蝇和男人。还有一次，她把头发剪了半寸，出得家门，马上有一位出租车司机来了个急刹车，停在她身边，饱含热泪，痛失所爱地喊："你！你怎么把头发剪了！"

唉，对于自然卷的我来说，一头垂直黑发一向是我的软肋呢。按这样看，即使我努力达到了女人味的第一要素，即：成为巨乳分子，同时再拥有一头瀑布直发的可能性也几乎等于零。每当暗夜里想到这些，我就

泪飞顿作倾盆雨，恨不得将阿离以及一众长发女人全部凌迟处死。不过，最近发生了一件事，使我这几年的卑微和妒忌一扫而光。那就是：我发现了长发女们最不可告人的秘密！

话说这段时间，因为工作关系，我和阿离有了更为频繁的接触，甚至还有几次携手上厕所的机会。这下，让我发现了一件怪事。为了说清这事，我们需要重演下"凶案现场"——

大家想象下。一般人，上蹲式马桶时，动作应该如下——

跨立，解裤，蹲下。

问题是，对于那些头发过腰部长度的女人来说，这三个动作远无法满足她们的要求。因为：这样她们的头发就会垂入粪坑里！而结果将是：她们头发的末梢，会沾满自己，或者她人的大便和尿液（从现象上说：就是扯起头发时，尾部有很多黄色的黏稠的或者晶莹的物体）。

因此，许多发长过腰的女人，会把上蹲式厕所的动作分为四个步骤：跨立、把头发归结于胸前、解裤、蹲下。

但这样的动作，却不能满足头发长度达到腿部的女人。原因是，她们的头发太长了！以致就算她们把头发收归胸前，蹲下后，稍有不慎，头发仍然会从胸前垂入粪坑里。因此，头发长达腿部的女人，上厕所的动作必须分解为：跨立、腾出一只手，抓拢头发，朝手的同侧（如右手抓头发，就朝右边伸开）伸开并朝上提，余下的一只手解裤，蹲下。

大家务必想象下以上的动作

闭目想半分钟

把自己幻想成这类长发、必须提头发上厕所的女人

感受到什么没有

再感受一下

……

你们发现了吧！！！

以前总听说的那种无头鬼提着自己的头游走于女厕所的故事，就是在光线不明的情况下，看到这类长头发女生上厕所，所导致的传言呀！这就算了。最重要的是，我在把自己幻想成这类女生如厕的过程中，利用休息时间反复演练，发现由于胳膊酸疼或其他原因，导致头发垂下来，不慎垂入粪坑的几率，依然高达百分之十！连阿离本人，也在我的追问下，亲口承认"多年以来上厕所，无论是蹲式还是坐式，确实都存在这样的隐忧"。

所以！那些痴迷于长发女的男人们，快清醒过来吧！

如果你们曾经被长头发女人的发丝拂面过，觉得温润而带着凉意，

如果你们曾嗅到长头发女人发尾的香味，而因此心思荡漾，

你们或许根本没想到过！

那是她们刚刚上厕所时，头发垂到粪坑里，然后扯出来，先用擦擦纸擦掉发梢黄色的黏稠的或者晶莹的物体，然后在厕所黄迹斑斑的洗手池

上，用洗手液和水才清洗完的！

发现这个惊天秘密后，我多年的自卑一扫而空。哎呀，说到干净环保。还得是我们短发女生当仁不让呀！

那句广告说什么来着——

就信清扬，一辈子！

耶！

和屁有关的爱情理念

作为独个儿长大的孩子，我小时候最喜欢玩的游戏，是冬天躺在密实的棉被里，侧耳倾听自己放屁的声音，要等足够久的时间呢，然后，扎个猛子，像陷入纯净的水里那样，整个人埋进黑咕隆咚的被子里，黑暗、暖和又带着些许臭味的空间瞬时包裹而来，总让人忍不住哈哈大笑。哗，这是与世隔绝的帝国，是我的秘密花园。

过了许多年，我和我的男朋友猴子爱得如火如荼那会儿，任何语言也无法表达我对他的好。我俩一起迎来第一场雪的那个晚上，我独个儿倚在床边看书，他忙什么我现在给忘记了，总之在漫天飞雪中整个屋子暖烘烘的，这当儿总想让人做出点比山盟海誓更带劲的事。

于是我豁出去了，献宝似招呼他："猴子，我要给你一个毕生难忘的晚上。"边说这话，还边把自己扭成各种S形。回想起来，嗨，不是我吹，足够让任何一个男人当场想入非非，喷出半斤鼻血。"好啊。"猴子格外、格外温柔地回应我。"来嘛，你来。"我缩在棉被里，边用腹部无声地用着劲，边伸出一只手，期期艾艾地说，"到棉被里来。"猴子的嘴角露出一个男人在如此场合经常流露的那丝狞笑，像一只红鳟鱼一样，"哧溜"

一声滑进了被子里。

这些年来，好多个晚上，我俩躺在床上，背靠背看书。突然，一种奇怪的宁静袭击了我和我的肠胃。我冷不丁战栗了，大声喊："猴子——""嗯？"他缓慢而慢条斯理地回答说。"我——爱——你——"我靠着他的脊柱，对着虚空漫喊着，为了加重这句承诺的意味，末了还必须用尽全身力量，朝后放射出——一抹亮屁。

然后……然后猴子就会像离开发射器的火箭那样，笔直地射出老远，还以火烧火燎之势用手用力扑打着自己的屁股。这样告白的结尾，也经常是他痛打我一顿而告终。

喜欢和最亲爱的人分享自己的屁，在某些美人来看，这似乎是不可思议的事。大 S 就曾经暗示过，每次和男朋友在一起时，遇到要放屁这样的事，她就借口"要吐"躲进洗手间。玛丽莲·梦露也乐于把自己渲染成一尘不染之人，声称自己从来是"只着香奈儿 5 号入睡"。但科学家会告诉你，一个正常人每天必须放屁 5~20 次，胃肠蠕动剧烈的夜晚还要更多。按此算来，大 S"吐"起来那么频繁，足以吓走任何一个身体健康的男人。而梦露实际上也是"在混和着香奈儿 5 号和屁味的空气中入睡"而已。

唉，不管怎么说，每每遇到这样的事，猴子就处于癫狂状态并拒绝和我沟通，所以我至今仍不知道，他是否理解我的良苦用心。打一开始，在他的眼里，我就不希望自己是个肤如凝脂、吐气如兰、巧笑倩兮的女神。虽然我们相遇在最好的时候，但我希望在爱里神魂颠倒的你知道，我只是个普通人，会长皱纹，会背部佝偻，会记忆力减退，会唠唠叨叨，嗯，还有，会放屁。

这样一个会被时间和琐碎随意打倒的女人，却想跟你一起到老。

这就是我关于屁的爱情理念。说实话，我所幻想的一见钟情应该是这样的——

七仙女在池塘里洗澡，董永牵了头牛走过来。

"别，别过来！"七仙女惊慌地说，"我刚在池塘里放了个屁。"她又解释说。并因此羞愧地掉下泪来。

"真傻。"董永温情脉脉地反驳，说，"别以为一个臭屁就可以抵挡爱情的来临。在我面前，你就尽情地放屁吧！"

他安静地站在池塘边，如聆听天籁一般，听着七仙女的屁。最后，深情且务实地说："让我们一起行动起来，把这片池塘改成农村流行的沼气池吧！"

给自己完整而安全的独处时间

独居女性安全必读

和猴子分居独处那段时间，我想得最多的不是他，而是思考：独居女性，如何能为自己营造一个安全空间——这个重大社会问题。许多单身女人想当然地认为自己做到了。其实，远远不够。

胆小如我，都知道自己的独居习惯有许多需要矫正的地方。最严重的，如：1. 喜欢叫外卖——参照侦破片情节，外卖小子变身变态杀人狂几率达到75%。2. 深夜，楼道里一有动静就贴着猫眼朝外望——参照恐怖片情节，有可能会看到一群披散头发的无腿人经过，因而魂飞魄散；或目睹邻里凶案过程，因而受到追杀。3. 还没到家就晃悠着房门钥匙——这明摆着将家里无人的信息广而告之，小心，背后可能有人尾随！

当然，我也有很多良好的独居习惯。如：1. 养成每天给固定一个人打电话的习惯：这方法能确保你万一失踪二十四小时以上，就算单位人力资源部不追查旷工原因，也有人开始打听你的下落；2. 经常打开门，站在楼道里朝内喊话，或在凉台上晾几件花花绿绿的男性衬衣：起码给心怀不轨的邻居搞点"空城计"的悬念；3. 临睡前在床前和窗边都放上一个倒立的啤酒瓶：确保万一闹贼和地震，即使没人推都能及时惊醒……

我的闺密孟美静是个资深独居女性，其资深程度历经：逢人嗟叹自己漫长而孤独的独居生活——谈独居色变，试图掩盖自己的独居身份——风物长宜放眼量，着手打理长期独居生活；和各种独居女性结成各种安全、健康互助小组；甚至有前瞻性地决定变消费者为创业者，频繁与人接洽成立养老院事宜等三个心理阶段。彻底从午夜买醉消愁憔悴女变成拥有三卡（即美容卡、健身卡、借书卡）两证（心理咨询师证、芳香治疗师证）的健康女性，从内心习惯、歌颂和拥护独居生活。

每当我们聚会时，她总是把她时下的生活描绘得跟一个水泼不进、针插不入的没缝蛋似的，没提多完美了。为了证明她的独居安全措施绝对通得过国际安检保证，不给自己留一点恐惧的空间，不给敌人存一丝侥幸的希望，她特地把我请到她家实地考察。

在她那简直用铁丝和钢条绕了三圈、布局严谨的房子里转了两圈，我吞吞吐吐地说："近乎完美。除了一个细节……"

"哪里？！"

"你为什么要养宠物呢？"我面带痛苦地抚摩着她的人猫，问："一个深思熟虑、爱护自己的独居女性，是绝对不养宠物的呀！"

"为什么？"她追问道。

本来是不想告诉她啦。但既然问了……

"难道络绎出现的报章报道不能给你警醒吗？万一有一天，你突发急病暴毙家中，本来就这样安静去了算了。可一旦养了宠物，等你香魂远去，它们就会爬到你身上大快朵颐。于是，等别人再见到你时，你就面目全非了！因此，要做个有远见的独居女性，我们推荐你效仿小龙女，豢养蜜蜂、鸽子等可食用、非肉食动物。"

　　——你瞧，我说过吧，要做个独居女性，远没有你想象中那么简单。

给自己完整而安全的独处时间

喜欢做的事

无论心情好或不好，夜里跑到午门口坐着。地下每一寸青砖都铺满月亮。从灯火明亮的天安门走，很少人知道这样的晚上是通往过去宫殿的唯一途径。

但我知道。

巨大的城墙上有人行走。这是真的事。分辨不出是谁，没人愿意大声喊话。

从宫殿深处传来风的声音，又传来风的声音。

待了那么久，除了我之外所有东西都不饶舌。

真是让人百病全消的生活呀。

哪怕只有做饭那么短的时光

今天午后，做山药炖排骨。房间里弥散着香气，猴子还在漫长地睡呀睡。我被辣椒呛着了，在厨房里打着响亮的喷嚏。灶火亮堂，饭在锅里吱吱吱吱地小声响。因为天色很暗，我几次踮起脚尖，看看外面有没有雪。

他睡了很久，一切都得在他起床前搞好。时间长度犹如仙女魔术中"倏忽"的那一声。

不管受到什么打击，都要敢于大声说

我喜欢性！

有个故事说，一对情侣因种种原因分开，多年后，男方夜晚散步，在暗不见灯的小路上遭遇某暗娼搭讪。男人瞪眼一看，呀！原来就是自己的昔日情人呀！

——跟自己分开后，她怎么变那么多呢？怎么会堕落到这个地步？难道是我撕碎了她的心？难道我和她的情变改写了她的一生？——男人就这样，带着惊讶、痛苦、自责，和略微的飘飘然，抱着"自己对女人正常生活下去来说，实在太重要了"这样的想法，想着。

这样的心态，猴子一定也有过吧。有一回，我们闹分手，三个月后他回来一看，发现我的电脑里多了好多 AV 片！

其实我也想过跟他解释啦。就是说，哎呀，你不要想歪了，以前电脑里什么 AV 片、三级片也没有，是因为我不知道怎么找这些片子呀，可这段时间通过刻苦钻研攻坚，终于学会下载和搜索这类片子，知识改变命运，所以我现在电脑……如此云云。

但解释这些事情实在太麻烦了，而且我转念一想，"因为和我分手，小然下了很多 AV 片"这样的因果推理，可能会让猴子内心百味杂陈，也算一种变相谄媚啦。我是很乐于谄媚别人的呀！因此我什么也没说。不过，由此引发的恶性循环很快显现。也就是说，猴子想当然地以为，他现在在我身边，我就不应该再下载和浏览 AV 片了！

说到这里，就不得不提一下我和 AV 片的短暂蜜月史。

首先，因为体形人种代沟（这种心结确实存在，跟你绝对没办法认同汉堡包为主食差不多），我不喜欢欧美 A 片。慢慢的，当看了一到两片制作精美的 AV 片，对港版三级片的冷淡也就"如弃糟糠"（类似吃多了川菜，口味重了，吃江浙菜就不大得劲一样）。

就算下载 AV 片，也有个渐进的过程呢！一开始，我很随遇而安的啦，搜索到一个种子，就如获至宝，赶紧下载。后来，经过研究和探索，我开始对下载片子有了别类与辨别。比如"游佐七海"一类、"中出"一类、"SM"一类，其中又互有交集，分成"骑兵"和"步兵"两大文档……再后来，那种艺术欣赏中"醍醐灌顶"的感觉缓缓降临，在 AV 浏览中我开始有了自我意识。

即，明确自己喜欢哪类 AV 明星（如丰满程度，表情特色，肌肤色泽等），哪类 AV 情节（如很多 SM 因情节虚假，演员表演不到位被忍痛删除等），哪种镜头调度（比较技术问题，另议），甚至培养了对"骑兵"和"步兵"一视同仁的良好心态。

这一过程，说通俗点，就像一猎艳男，一开始饥不择食，但很快有了自己的爱好倾向、审美趣味。

往形而上方面说，就是跟王国维老公公提出的人生三境界呼应（插

注：第一层"昨夜西风凋碧树，独上高楼，望尽天涯路"；第二层"衣带渐宽终不悔，为伊消得人憔悴"；第三层"众里寻他千百度，蓦然回首，那人却在灯火阑珊处"）。

很长一段时间，我对 AV 片的认识，正是第二层往第三层努力的阶段。我觉得这和之前学习欣赏古典音乐或印象派绘画的过程并没有什么不同呢！——就是到了自认为"气运丹田，不停运转几周天，马上就要打通任督二脉"的关键时候。

可问题是，按前文所说，这时，猴子正想当然地认为"我出现了，小然就不应该再过这样的生活了"。

因此，就出现了这样的场景——

每每我埋首电脑，疯狂敲击键盘，不断地在 AV 网站上搜索着的时候，猴子骤然兀立我身后，声如雷霆地吼道："小肥猫！你又在下黄片！"

我两眼直视，充耳不闻，屏幕上弥散着忙碌的硝烟。

接着他就把自己化身聂赫留道夫，视我为卡秋莎·玛丝洛娃。在我耳边唧唧歪歪些道德准则（夹杂着"不要脸"、"懂不懂得害羞"之类的谩骂），以及忏悔（就是说"唉，怎么好好的会变成这样，都怪我不好"），还有盘问（"看这些有什么意思？有什么意思呀？"）之类的。

我无暇他顾，瞳孔喷火地反射出屏幕的大波女和肌肉男们，然后，按软硬兼施的顺序，猴子会伸出钳子似的手，一把抓住我的脖子，把我提将起来，说："不许碰电脑了，给我出去。"

我在空中四足扑腾着，口吐白沫，嘴里发出嘶哑的叫声。要是他不放开我，我就反过脸咬他，直到他把我放回电脑前，让我下载和观赏 AV 片为止。

我也不是没有尝试跟他沟通啦。

比如给他好吃的，或者帮他按摩后，我会低声下气地跟他说呀："猴子，我今天下了一个好好看的片子哦，你要不要一起看看哦？"

或者说："哇，我跟你讲。别人都说小泽玛丽亚好，我就觉得苍井空比她和武藤兰好一百倍，迷人死了。你要不要都看看，到底谁好看？"

可他一般都会冷淡地说："不！要！"

偶尔，要是他比较高兴点。就会用居高临下的姿态说："那拿过来我看一下呀。"

我就赶紧去拿，双膝跪地地捧到他面前。

他用快进条（快！进！条！）拖了几下，然后说："都那样呀。"临了还总结说："好无聊。"

把我气得浑身发抖。

后来，我还偷偷查了他的电脑。好奇怪哦，他真的一张色情图片、一片色情电影都没下！

苍天呀，怎么会让我碰到这样的男人——我无声呐喊着。

他人即是地狱。

过了一段时间，我和猴子对彼此的忍耐到了极限。

不同的是，他决定先出击，而我还在忍耐着。

有一天，他假仁假义跑过来跟我说，我的电脑慢得让人无法忍受，都是因为里面东西太多，他要帮我整整电脑。

我单纯而毫无防范地相信了他。

结果，他就把我的电脑格式化了，删除了包括一大半的专栏、策划书——这还不是最痛心的。最痛心的是，他残忍地对我所有的 AV 片下了黑手！

苍天呀！

黑暗的苍穹里惊现我凄厉的呼喊声。

格式化电脑后的一两天里，因为他把我看得很紧，恰好又要去福州搬家，所以我就蛰伏着，为彼此的理解沟通做最后的努力。

在长途车上，我们一起重温了《赤壁》。

为了缓解气氛，猴子有一搭没一搭地跟我说起话来："你觉得三国时谁的功夫最好呀？"他和蔼地问我。

"赵云。"我说。

"小肥猫，我跟你说，不对哦，是吕布功夫最高了。"猴子说，一面作出聂赫留道夫陪妓女流放西伯利亚时假惺惺的，既隐忍又拉拢的嘴脸，说："在我玩的《三国志》游戏里，吕布只要三招，就能把赵云打败呢。"

三！国！志！游！戏！

我恶狠狠地想，连带想起我可怜的 AV 片们，面无表情，嘴角流下一缕鲜血。

猴子兀自说着："不过吕布也不是最厉害的啦。我跟你讲，诸葛亮在里面很牛，他的武器是扇子，打不赢会假装逃跑，然后丢一个东西把人抓住。吕布也打不赢他。"

我听到我的心滴血的声音。"想开点，想开点……"我尽力安慰自己说。

"你觉得《赤壁》下集会演什么呀？"猴子瞎掰了一通电脑游戏，又没话找话地跟我说。

"我觉得呀……"我翻着眼皮想了会，突然高兴起来，说："我觉得吴宇森应该请苍井空来演小乔啊！然后《赤壁》的下集就可以演'监禁'、'SM'加'中出'，哇，爽死！"

我正滔滔不绝地说着，冷不防猴子狠抽了我一耳光。

"妈的，想什么呢你？！"他大喝一声，长途车在高速路上喘了三喘。

虽然很疼，想哭，可为了那些无辜阵亡的 AV 片，我还是支撑着我的尊严。

"没错呀！"我说，"人家杜牧都说'东风不与周郎便，铜雀春深锁二乔'，吴宇森可以改写历史，就是说赤壁之战败了然后小乔被抓了起来，锁在铜雀楼上，手铐、藤条、被绑……林志玲演起来肯定没有苍井空好看的！"

见我顶嘴，猴子又狠狠抽了我两耳光。

我一口咬住他的胳膊，扯他的头发。

他抓起我的脖子，把我甩到后排。

我挣扎着站起来，伸出十指朝他脸上抠去。

——当然，这些都是意念之战。我们一路喃喃互骂着。

"不害羞，整天就知道 AV 片！"

"你才不害羞咧，就知道玩游戏。"

汽车"空空空空"，我们一路骂到了目的地。

经此一役，猴子第二天旋即打包回了北京。我则怀着"那个祸水终于走了"的庆幸心情，边抚摸着伤口，含着眼泪，狠憋一口气，连下了五部苍井空的片子，方才觉得我的电脑恢复了点人性！

不管受到什么打击，都要敢于大声说

给我打打分吧

夏天开着空调的小屋子里有一种时间过得飞快的安静和凉意。
昨天中午，和猴子窝着看电视，似睡非睡的样子。

电视里播着一档心理访谈节目。一对小夫妻，那女人一天下午下班回家发现她男人正关在房间里，偷上黄色网页，自己自慰。哎呀可了不得，那女人以昏厥过去的姿势过去与其扭打，还逼迫他写下"永远不上黄色网站一切听老婆的"之类的保证书，就这样还不消停，又把男人拎到电视台现身说法，求教心理学家，要人家分析她男人的变态心理，把她男人直接钉在万人的耻辱柱上。

我觉得这个女人……咳咳……真是很不可思议的人呢！要是我发现猴子偷偷看黄色网站，DIY。哇！那我会多么欣喜呀！这恰恰证明了这个男人，就像一块还没有完全开发的原油田一样，还蕴藏无限希望。哦也，在那希望的田野上，哦哦哦……然后我就会赶快匍匐着爬过去，跟他快乐地奇文共欣赏，疑义相与析。哪里还有时间发火和批判呀。

所以说这个女人真是很奇怪的呢！

电视里心理分析专家也有分寸地说了那女人一下，然后叫他们互相给对方的性能力打分。

看到这里，我和猴子就像《红楼梦》里坐在樱花树下看《西厢记》的宝玉和黛玉一样，不约而同地在嘴角边露出一缕羞涩的狞笑。

"喂，你给我打几分！"猴子粗声粗气地问我说。

"嗯，讨厌，怎么问人家这样羞人答答的问题嘛！"经过诸番扭捏，还赖在他身上腻味许久之后，我才说，"那你先给我打分嘛，你先嘛。"

"嗯，"猴子想了想，很慎重地说，"八分。"

"你呢？"他非常认真地问。

怎么能放过这样可以谄媚男人的良好时机！我急忙化身小狗似的四足扑腾地在床上绕了一圈，攀在他身上，眼里放射出讨好又乖巧的光，脆声说：

"两！分！"

猴子一听可生气了，他跳将起来，左右开弓，狠狠抽了我几巴掌，抽得我死去活来。

"为什么只有两分！"他恶狠狠地追问道。

"你给我八分，那我给你两分，正好凑十分满分嘛！"我哭泣着，满床走避地说。

结果又被抽了好多下。

"算错了。重算！"他高傲地说。

我抽噎着努力算了一会儿。

"几分！"他逼问说。

"十，十分……"我吭吭哧哧地说。

"靠！"他说，"你没长耳朵呀！刚才电视里心理学家刚说什么来着！没有人会真的给对方打十分的，除非是在掩饰……"

"不是，不是哦。"我急忙哈着腰说，"是发自肺腑。肺——腑，这样。"

结果头上又白挨了好几下暴凿。

真不知道这男人怎么想的！总之电视这种快餐媒体真是非常毒害人的。她控制了愚众们的评判和标准。分裂了多少家庭，使多少人身心受到伤害呀！

以上就是一例显证！

要爱你爸爸妈妈、你的好朋友、宠物，以及一切让你觉得心有余力的美好之物

我和我的小善良

今天我养了一只宠物！

之前猴子很想养狗，我们的朋友小 P 也想养狗。照我们看来，比大家都有钱的小 P 养狗的事已经进入议事日程了。就是说，他已经开始在网络上、书本里，还有公园等地方，挑选他心目中想养的狗的类型了。还花时间和那些有狗阶级们交流狗经，对什么样的狗可以帮助他锻炼身体、凸现性格、加深性情有了长时间的抉择和考量。以至于虽然现在他没有狗，可我每次见到路上有那种长得符合他的描述，又跟他一样，在嘴角边挂着一丝憨憨笑容的小狗，就会跟身边的人说："看！小 P 狗！"

但猴子想养狗，就像秦始皇要去仙人岛一样，是很渺茫的！我们自己都养不活自己呐！还养狗！一想到他从来没给我买过衣服，但会去挑狗衣；一陪我去散步就扭来扭去，却会跟狗单独溜达，我就气得浑身发抖。可是，我当然也深切地知道，要培养一个男人温柔细致的爱心，哦，那有多么可贵。

今天我去菜场，不知道我有没有说过我独个儿呆着的时候喜欢做的事呢？我喜欢到人艺边上一座小楼，看人家半开的窗户，望上半天；或者

跑到菜场去，在海鲜摊铺上走个来回，嗅味道。我还喜欢把手放到鱼筐里，或者黄鳝筐里，摸个半天，溅一身水。

因为这些都会让我觉得，回到家，回到海边。

今天我去一个不相熟的摊上买鱼。又把手伸到黄鳝堆里，它们滑来滑去，可好玩了。结果那卖鱼的阿姨就很受惊吓，说："你不害怕呀。"还叫了一群人来看我满手的黄鳝，搞得我很不好意思。可后来我想，我应该买一条回去，让猴子一起和我体会这种美妙的触感，这种弧度，这种张开腮帮呼吸的感觉。

所以我就带了一条鳝鱼回去啦。我把它取名叫"小善良"。把它放在碗里，加了点水。唉，你看，我们贫穷人家的孩子，命是很贱的，然后，我就抱着我们的孩子给他的爸爸——猴子看。

可有时候呀！你真是搞不懂男人，养个孩子容易吗？！他一看就惊骇地跳起来，嘴里发出一些奇怪的声音，还把身子扭来扭去，很机警地看着我，好像要立刻跟我展开巷战一样。

"小善良他爸，"我站在那里，抱着我和他的孩子"小善良"，劝他说，"过来抱抱你的孩子呀。"

结果他就猛朝我挥手，说："走开走开！"——就跟电视里抛弃孩子的那些没天良的父母一样！

我劝了他一会儿，他不理睬我，甚至连一点爱心都没启蒙。后来我得去做饭啦，我叹了口气，把小善良放在他身后，就跑到厨房去了。

　可在我炒菜洗菜切鱼做饭，正忙得热火朝天的时候，突然听到一些凄凄不似人声的动静。我停下手，竖耳听了一通，好像又没事了……于是我就继续炒菜。突然，猴子跟一颗上了膛的子弹似的，蹦进厨房，语无伦

次地喊着：

"出来了！它跑出来啦！"

搞了半天，我才搞明白，原来是"小善良"，它好棒哦，自己滑呀滑，从碗里滑到地上来啦！

"哎呀，我没空啦，小善良他爸，你就去抱下孩子不成吗？"我边炒空心菜边抱怨说，"把孩子抱到摇篮里也就是了，干吗那么大惊小怪的！"

结果猴子做出一副很惊恐的样子，好像我吃错了什么药似的——可电视里养宠物的人都这样说话呀——所以我也瞪着他！

"去！把它给我搞进去啦！"猴子命令我，还抽了我一下，搞得我好疼。

然后我就去把可怜的，有娘养没爹疼的"小善良"抱起来，放在摇篮里。跟它玩了会儿，唱了会儿歌，又打算去做饭了。

"你！"这时候那个狠毒的父亲，又命令我说，"找个盖子把它盖起来！"

结果我可怜的"小善良"呀，到现在还被盖在摇篮里呢。

到了今天早上，我决定把小善良放生。因为他爸爸妈妈要出去工作一整天，家里穷，又请不了保姆照顾他。所以干脆把他全托给幼儿园好了。——就是这样的想法。

起床后我先跟他玩了会儿，亲亲他，把他装在一个塑料袋里，再把他抱到床前，跟还僵卧在那里的爸爸告别。

"小善良他爸，"我摇着猴子说，"跟小善良道个别呀，我们的孩子要自立生活了耶。"

结果他爸翻了个白眼。还瞪着小善良说一些"滚"、"拿走"这样绝情的话。唉。他对这个孩子，真是一点感情也没有呢。昨天他不睡觉，我好心劝他，跟他说："你怎么的也要为小善良想想，那么小，失去父亲，他可怎么活呀。"我还说："他爸呀，你要小心自己的身体，不要撇下我们孤儿寡母，我们也要跟你去了呀！"——我都这样识大体地劝他，可猴子却很怒，抽我，还说要把"小善良"放在火上烤，还否认"小善良"是他的儿子，说他不会生出这样的孩子来，只有我才会生！——天呀！恶毒的父亲，真的跟书上电视演的一模一样呀！

所以，今天一早，我想想，心还是很冷的。于是穿好衣服，抱着小善良，沿着马路走，有时候我亲亲他。路上很多人看到我们，都露出惊讶的表情。此刻我充分理解了哪吒的妈妈、雷震子的妈妈、蝙蝠侠的妈妈诸如此类异形的妈妈们悲凉的心情。我希望"小善良"能自己长呀长，长成一条善良的巨鳝，这样谁都不敢欺负我们娘儿们了！

后来我跟小善良吻别了，他被放入了故宫的护城河里。

要爱你爸爸妈妈、你的好朋友、宠物，以及一切让你觉得心有余力的美好之物

彼得絷永镇永无乡

有一回，走在飘扬着各式各样圣诞曲的王府井大街上，冻得直缩脖子那会儿，我的好朋友小小又哀求我跟她回她远在东北五环之外，偏僻的房子里过一夜。因为她的新任先生小猪去出差了，她自个儿睡，每天晚上都吓得半死。

"我晚上陪小小睡好不好？"我发信息问猴子说。

"敢？！"他言简意赅又颇具威胁地回复说。

"可她害怕呀。"我又在信息上规劝道。

"那我还怕呢！你陪她睡，谁陪我睡呀！"

唉，我总是处在被人争夺的紧俏状态下。

咿呀，其实我今天想说的不是这个。

小小，就是我之前多次深情讴歌的北京腻友。她顶着一张上天做出的非常漂亮、非常标准、非常棱角分明的五官——然后，在完工前，又用一大块马蹄铁在上面重压了一下，使之呈平面化——这样的脸。即使在

结婚后，都还看得出当初类似年画上"善财童子"似的样貌痕迹。之前我说过，她几乎是我在北京见过最漂亮的女孩啦。当然这个说法太主观了，很多女孩会因此心怀不愤。

我第一次见到小小时，立刻就想起了那种非常粘牙非常甜腻的大白糖儿。就是那种小时候吃的，嚼了半天还得用手指扯才能把粘在门牙上的余迹扯干净那种。这种感觉说不明白，有些人你一看到他们就会有一些非理智反应，想到肥肉呀馅饼呀糖果呀水果呀之类，因为满足了自己口唇期的幻想，就对他们萌发出一种奇怪的感情。

我对小小就怀有这样的感情。实际上，我还对其他人抱有过这样的感情——也不总是这类白白肉肉的女孩。我大学里特别喜欢一个女孩，非常瘦，眼睛大得惊人（就是我最怕的那种类型），最近让我最抱有这样感情的人还有猴子。

写到这，弗洛伊德派学徒们要开始挖掘我的性启蒙意识了。在这种是鸡生蛋还是蛋孵鸡的问题上我也考证了自己许久。结论是这和肉体有关，却和性关系不大。

总有一类人，我会对他们产生巨大的兴趣。我奇怪他们的构成，从他们的起源，到他们手指的漩涡，他们眼珠的转动。我奇怪为什么，有什么事情会让他们有一颦一笑。和他们在一起，我经常觉得口中溢满口水，忍不住掐他们腮帮，我想全心全力对他们好，巴不得谄媚地讨他们开心。

他们大都不是人们认为"漂亮"的人，他们之间毫无共性。我说不好他们身上的什么触动了我。他们在我眼中经常会幻化成毫无能力的孩子，我觉得我充满力气。

这些人中，有的一开始就会被我的这种情感吓走，留下来的人有的会成为我生活的焦点，有的在某一个时刻，我会忽然忘记对他的所有特殊情感，然后就只会在世俗的情感里记起他。小小是个很特殊的例子，我只有在极少的时候会记得她是我的"大白黏糖"，但大多数时候，她就是我北京最好的朋友之一。有点傻兮兮，没啥特别的。

在我记得她是我的"大白黏糖"的时候，前两年，我就会非常吃惊她现在的先生小猪追求她的方式。小猪喜欢带她去兜风，给她拍照或者写一些看了让人便秘的信给她，或者用深情的口气指着汽车的里程数跟她说"喏，看，我跟你一起走过那么多路"之类的话。

在我记得她是个"大白黏糖"，不大有理智的时候，我就觉得这些方法真是太奇怪了！要是喜欢她，应该把她揉成一块，咔哧咔哧塞进嘴里大口大口咬着，吧唧吧唧，用根巨大的牙签扯开门牙里残留的她白色的尸肉。然后拍拍手，说："哇！我终于整个得到了她！"这才是正确的方式呀！

对于其他让我抱有这样情感的人，我也有过类似形形色色的想象。比如，当初我对小笑萌发巨大热情的时候，我觉得她应该变成一个水床，躺在几十米的深渊之下，每天我快乐地跑到山顶上去："要下来啦……要下来啦……"我对她这样招呼着，然后呼啦一下，重重地砸下去，但她是水床呀！于是她一托，我又飞回山顶上来了！

我还有个朋友，就是大大眼睛很瘦弱的那个女孩子，我想象过她是个积木。就是折叠起来，还能说话的那种多功能移动家具。每天我能把她折叠成各种形状，带在身边，时不时拿出来吓唬别人。

至于猴子，我确确实实觉得他是一株非常非常巨大的、丑陋的、全身透绿滴着水的含羞草呀。就是那种每天假装板着脸，高高地树在屋子前面，就算太阳升起来他还是抽着气，一声不吭的那种倨傲的植物。我喜欢每天跑过去，嗅他，摇撼他，给他好吃的，逗他笑。他微微张开叶子，然后又缩回去。

多么可人的植物呀！

这些人，他们都在我心里的永无乡里。我也说不好永无乡有多大，但在最热闹的时候，他们都在其中，陪我玩儿，吵闹喧天。但有时候，仅仅在一瞬间，这个岛就把他们中的一大部分人忘记了。

他们中极大一部分人，根本不知道，也毫不在意被我的永无岛遗忘。

但也有一两个人，他们惆怅地跟我说："小然，我们好像不能像从前一样了。到底怎么了？"这时候我不能跟他们说永无岛发生的事——反正说了他们也不明白。于是我就装傻。嘻嘻。

在真正属于我的永无岛上，我每天都在飞翔，和独眼海盗、海怪进行永恒的战争。有一天，跟彼得潘认为需要一个比较长久的"妈妈"一样，我听从教导，想要一个比较长久的玩伴。于是我就找到猴子（之所以选择男生是因为你可以从传统意义上留下来，又不会被人怀疑你的性取向），我把他的一个吻挂在胸前当盔甲，每天抹着汗跑来跑去。

因为我住在我的永无乡。

任何时候，你都有权喜欢别的男人

欢迎眺望乞力马扎罗和粲然

我有个待字闺中的好朋友，她叫孟美静。每隔一段时间，我都会好事地跟她说："手上有货想认识你，要不要来看一下。"（注：所谓"货"，暗指单身男人。）

而她则以倾国姿态，在下一秒钟快速而踊跃地回复说："要！都要！"就像一枝春天的、贪婪而嗜血的冲锋枪似的，"哒哒哒"地响个不停。

这个状态在某次她即将进行她的第一次出国采访前，开始有了扭转。一开始我正忙着叮嘱她一定要从印度给我带神油回来，她一力婉拒。原因是他们开了六十人的记者团过去，而且是重走玄奘之旅，她不好单独行动，还有她不知道国外怎么称呼神油之类，总之摆出可端庄的面孔了。

其实很简单呀，在我印象里，只要冲到任何一个店铺，说"FUCK！""LONG TIME！"这样的简单词汇，恐怕没有人不知道你要什么吧！

总之我怀着携带一桶印度神油，像提一桶狗血一样泼将到猴子身上去的必胜想法，对孟美静进行了极其残酷的软硬兼施，连哄带骗。

孟美静快疯了，为了阻止自己发疯，她急忙转移话题说："有男人想认识你哦！"

我果然停顿了下，狐疑道："你骗我吧？"

"真的！"她指天划地地说，"有个叫 L 的肌肉男好几次跟我说了，想认识你哦！"

我虚荣而矜持地笑了笑。骤然忘记了"泼神油"计划。为了安抚她，而且保持我们之间贸易顺差状态，我急忙也讨好地对她说："对了，也有男人要认识你哦！"

"长得怎样？"她也虚荣而矜持地说。

"据说很像胡军！"我投其所好地说。

然后我们两个绝色女子决定等她从印度回来，就进行手上货物交换计划。做好这个约定，孟美静就去了印度。

在她去印度这漫长的一周里。为了保障在这次"交换行动"中自己的利益不受损害，我事先跟所有交换行动里的事主一样，利用 Google 对所换货物进行了一番简单检索。

本来进行得挺顺利的。可是，就在这当口出了个差错！错就错在我太虚荣，太浮躁，太不检点了！我很快发现孟美静手上的货物具备了一些极大的特点。而这些特点，重要得我觉得非模仿电视剧里的女人，在猴子面前炫耀一下自己的紧缺性不可了！

这些特点是：首先，这位 L 先生是美！籍！华！人！就是猴子这种崇美者不择手段所想取得的身份呀！其次，这位 L 先生是个知名乐！评！家！这也是储备千张音乐原声大碟的猴子长期自称的边缘身份呀！再次以及最重要的是，这位 L 先生跟我素昧平生，使我对他的诋毁完全可以跨越良心达到令人发指的地步而毫不动容。要知道，作为高级知识分子的我，一向多么不齿那些虚浮的，老是把自己的异性朋友当做裙下臣的女人呀！

发现了 L 先生的唯一性和不可代替性。我急忙雀跃地跑去找猴子。

"猴子猴子，我跟你说哦。你听说过 L 先生吗？他跟孟美静说想认识我耶。"

"认识你干吗？"猴子头也不抬地问。

"嗯，"我扭着手说，"可能是基于崇拜，可能是倾慕，也可能是想搞搞柏拉图。"

"总之，"我长叹了一声总结说，"我想 L 先生现在情绪也很复杂，不知道要拿自己这种冲动怎么办吧！"

"虽然我无法体会他对音乐的那种感情，"我继续看着天花板惆怅地说，"可是我想，可能就像我给他带来的那种感觉一样，让他觉得悸动而无法企及吧。说起来，他的乐评写得真的很不错哦。你这样的音乐迷一定认同的吧。"

猴子咬着牙说："狗屁！"

"而且，"我吞了下口水说，"他的生活真的好美妙哦，他一有假期就四处去，而且写了好多好多游记哦！他还有一篇写非洲的文字，叫，乞——力——马——扎——罗——的——雪。"我在脸色发青的猴子面前一字一顿地念道："听起来就令人断肠呀！"我叹了口气说，"他为什么致力于追求虚无飘渺的美呢，唉。"

说完我本来要唱着新学的歌飘然而去。可猴子一把把我拍在墙上。（跟电视剧里的桥段果然一致！）

"你怎么知道人家对你有兴趣？"猴子逼问道。

"孟美静说的。"我做出发抖的样子说，"孟美静是个马泊六。"我指控说。

"你给她打电话，我要问她。"猴子说。

"她……她去印度了。"我说。

"屁，你这个骗子，自己炒作的吧。"猴子鄙夷地说。

（注：所以我觉得我真是太虚荣太浮躁了！其实剧情应该是，猴子电话孟美静问这事。然后孟美静就抽噎着说："是的！是的！他真是痴迷小然到极！点！求求你成全他们吧！"然后猴子就哭了，做出拿一桶神油淋在自己身上之类的极端动作什么的。）

可因为没有佐证，我就被猴子白抽了几下。

"还有，"猴子补充说，"我要告诉你，乞力马扎罗的雪，这个名字是海明威取的！海！明！威！你听到没有！"

"哼！"在他的铁拳下，我扬着倨傲的头，说："难道海明威写了别人就不能写了吗？难道李白写了太姥山，别人就写不了了吗？三岛写了金阁寺，别人就不能咏叹了吗？难道除了海明威和猴子，L先生就不能遥望乞力马扎罗和！小！然！了！吗？！"

　　说完这些话，我就被猴子揍成了一滩血水。

　　在成为一滩血水之前，我突然想到，好像电视里的剧情走向全然不是那么回事呀！我们的争论最后不像是情侣之间恩怨纠葛，争风吃醋，好像完全成了一场文学论证、艺术之辩一样！

　　为什么事情总会走到你无法控制的地步呢？为什么生活总编排不成言情戏呢？

任何时候，你都有权喜欢别的男人

不安于室的法术

有一则格林童话，说的是这样的故事。一个女孩想跟人私奔，老巫婆照例设下重重机关，看防着她。可女孩偷了魔杖，她也有法术呢！她在地上滴了三滴血：床前一滴，厨房一滴，楼梯一滴。然后，就投奔爱人去了。

第二天早上，老巫婆找她呢，放开喉咙喊："你在哪儿啊？"

"我在这儿，在打扫楼梯呢。"第一滴血回答道。

老巫婆出去一看，楼梯上连个人影儿都没有，就再喊道："你在哪儿啊？"

"我在厨房里，在烤火呢。"第二滴血大声回答说。

她进了厨房，却不见人影儿，于是她又喊道："你在哪儿啊？"

"唉，我在床上，在睡觉呢。"第三滴血喊叫着回答道，老巫婆走进卧室，房间里空无一人。

女孩投奔爱人去了。

那种划开手指滴血的法术，是很疼的吧——我这样偷偷地想。

前些天儿，刚到北京那晚，猴子来看我。我俩挤坐在宾馆的大床上。

我喜欢那种，除了床和桌子，没有一丁儿空间的快捷宾馆。即使在这样的房间里，我仍旧在我俩身边铺满东西。吃的喝的，书，还有各种有趣的东西，满满当当的。

自己做出实在不得已必须脸贴脸的苦相来，流着口水幻想着过会儿玩的游戏。

可猴子并不喜欢这个呢。他说："这样的房子太小了！"那个晚上，为了别的不相干的事，他正独个生闷气，叮嘱说："别理我！"

因为熟知他的脾气。一开始，我就独个玩，可乐着咧。可过不了两小时，就悲从中来了。像那种，古时候抱着公鸡出嫁的新嫁娘的感觉。漫漫长夜，无心睡眠，想起自己终将远逝的青春，一樽还酹江月。这样。

然后我就抽噎起来，刚开始还克制着，光造声势，指望猴子过来抱我，乘势投桃报李，腻味他。但马上就想起他生闷气时，一向罔顾我的惯例，越发觉得自己命运之多艰，哇哇哇哇地大号。

"干吗呢？"等我独自号了五六分钟后，大概受不了狭小空间的尖利嗓音，猴子从床那头扭了半个头，问。然后用那种"你不用说我都知道你想干吗"的样子，高傲地看着我。那样子，活像要跟清政府签订马关条约的日本浪人。明明就是我应该享受的主权和权益呀，还摆出一副要我企求他的样子。哼！

看到他这样，我心里更恨了，涕泪交加，大雨滂沱。翘首天地之无望，哀弱女民生之多艰。

"都说我不开心，不要理我了嘛！我过一会儿就会好起来了呀。"可能我哭得实在太可怜了，猴子就稍微解释了下，说。

可是，我们很久没见面了呀。按这种状态你理应朝我狼扑过来哇！怎么能纠缠在个人小恩小怨中，而忘记构建我俩之间和谐安详的大环境呢——我忍着心中如上千言万语，咬紧牙关，不发半句怨言。

哎，怨女伤春，壮士悲秋。大半个晚上，我们俩就怀着对各自身世的感伤，一个扯着嗓子干号，一个低着头默然，这样空躺在一张大床上呢！

真气死我啦！

我坚持这样号着号着，竟然迷糊地做起梦来。

在梦中，有一个面目模糊的男人，正要跟我结婚（结婚耶，我的天呀）。有人塞了张大大的婚书给我，上面写着几行大字——

"从今往后，每周不得做少于三次，如违此誓，天！诛！地！灭！"

我在梦里心中猛然一喜——就那样，Biu 的一下，心从低谷，飞到嗓子口，差点快乐地笑出声来。真是开心哇！后半生都有保证了哇！可还要矜持着，皱着眉头，好像生怕完不成任务似的，欲在婚书上签下大字。

突然之间，梦就碎了，我又回到现实里。孤灯暗影，我只得继续哭号起来呢。

"你要怎么办呢？这样是不行的。"——依稀有好几个人对我说过这样的话。好像觉得我会变成一个色色的人，生活也会因此不堪设想似的。

可是我并不色哇，我对此可是浑然不觉呢。

要他们再那么说，我就莫名其妙地盯着对方看。

在我还是文学青年的时候，还有人带着诡异的笑，说："小然以后肯定会体验很多生活的。"那种意思，似乎是我会有很多男女关系似的。

我不要做他们想的那种人。而且，这样的生活，我一点也不好奇。

他们不知道这个。

不知道我对此，有多么固执。

可现在我所要说的这个人、这件事，似乎并不一样。

同样是这样春天的、在异地的晚上，在陌生的、即使下次出差也不会来第二次的宾馆房间里，我跪坐在地上，同样放声大哭。

但这样的哭，和别的所有哭泣，也截然不同呢。

以前，在别的男人面前，我也哭过很多回。

因为，做一个拖着箱子四处走的女人，真是很不容易的呢，可辛苦了呢。

说起极致的防身手段，我一般采用三种啦：

第一，就是大哭。声音尖利到刺破敌方的心脏和羞耻感，活活将其逼退到三百里开外为止。

第二，就是论战。摆事实、讲道理，让对方充分意识到跟我和平相处，能为他赚多少钱和支撑多大场面为止。

第三，就是决裂——当然，一般成功男人们对我的态度，近似吃惯荔枝偶尔到热带动点吃奇异果的想法而已，因为并不国色天香，也没遇到过多么哀骓之不逝的霸王。

所以一般我都是边抽噎着边滔滔不绝地对他们诲不淫诲不盗，视其狼扑而来的程度轻弱，灵活应用以上技战术的！

但那些，和这个人，这个晚上，一点都不一样。

虽然我仍旧还是以尖利的哭号声，成功而准确地将其逼出三丈开外，并胜利地保存了自己。

但是，是不一样的。

这个夜晚的末了，这个人蹲下来，让脸和我的视线齐平。

"好啦，没事啦。"他说，"不会有事了。"

他说话的样子，和多年前一模一样。从那以后我们再也没见过面。

仅有一次，在其他城市的一条大街上，我看到一个极其相似的背影，因为开心，险些大叫起来。

他不知道这些呢。

"脸上好脏呀。"这个人取笑我，说。

哪怕是他用右手帮我擦脸时的样子，依旧和但丁碰到的维吉尔相似。我是说，即使在炼狱里，也无法削减他的光芒。

即使，我是道德的，是胜利者。

他是不道德的，是失败者。——我心里是这样分辨的。

"还脏吗？"我抽抽答答地问他，说。

"快好了。"他回答。夜晚又安静下来。

"别哭了，"他安抚说，"我马上会走的——你就立刻去睡觉哦，"他顿了顿，笑起来，又叮嘱了一句，"不要 DIY 哦。"

"不可能呀。肯定会的。"因为是他，虽然还在哭，我还是如实回答，说。

"你这样可怎么办呢？"这个人继续笑着，问。虽然这话很像以前我所听到的其他的话。可是，在这样的语境下，却是别人根本不会对我做出的回答呢。

"你这么多年都这样固执吗？"这个人又问。然后自己笑了起来，现在，他不像看着我，而是看着我身后无尽的未来与远方："以后是不可能一直这样下去的呀。"他又说。

"能！"因为他这样说，我全身的毛又竖了起来，跟一只充满敌意的豪猪似的，恶狠狠地盯着他。

"好啦。"这个人安抚我，说，"可是，小然。我要你知道，我要靠近你，要搂着你说话，甚至要和你在一起。只是因为，我觉得这样是和人接近最重要的方式。"

说到这里，他停顿下来，带着一种近乎自我辩解的笑，说："在这点上，是没有道德感的。"

这样的话，以前也许听到过吧？是什么时候听过呢？我已经全然忘记了。

人最大的问题是，他们只在心灵不确定且灵魂虚弱时，才侧耳倾听。

等这个人走后，我才意识到，我也是这样的人——我相信身体的语言，喜欢用无所不至的行动来表示亲密。不，亲密是奋举所有想象力也无法周延表达的。

在这点上，我也没有道德感。

我也没有道德感。

但是什么助长了我的固执呢？

首先，我认为这样的亲密是不够的。只是叠加时日、指向统一的亲密感，才能称得上一种行为。

才称得上——"爱"。

以前的书上都说，有爱的亲密才是密不可分的。但这个人却跑过来，跟我说这只是与人交往的一种方式而已。

这就是别人——那些擅长身体交往的人共同信守的秘密吗？

我以为自己没有道德感，但那么多年，我却让自己排斥在这个秘密之外。

从那天起，我一直发低烧，喉咙疼。这跟这次我所游历的城市很不匹配。

它们都开满了花，树叶绿得有夜晚梦幻流动过的痕迹。

我真讨厌做一个清高的人呀。

可又没有把握自己面对，始终戒守。

我是说，喂，那种和自己的血分离，不安于室的法术——真的不疼吗？

我偷偷地感到好奇。

在北京的最后一天，猴子摸摸我的额头，说："走，带你去买药。"

我们手拉手，沿着夜晚的街道朝前走。

他自行痊愈，已经不会不开心了。

我们就都笑了起来。

我是说，在这个世界上，关于男女之事，谁也无法企求到——

哪怕仅仅是确认对方存在——这样的读心术。

人有时候既弱小，又盲目自信。

张爱玲给胡兰成写过一首情诗：

"他的过去里没有我，

寂寂的流年，

深深的庭院，

空房里晒着太阳，

已经是古代的太阳了。

我要一直跑进去，

大喊‘我在这里，我在这里呀！’”

——我真不喜欢这样的诗呀。

那么的自满，又那么的自卑。

当一种重大的、命定的感情朝你冲击过来时，

只能拼命地、拼命地收缩自己，

用——尽——全——力

像正要鼓吹起欢庆气球的嘴、

像在下半夜决定要开启的昙花、

好吧，粗俗点，

像马上要拉出一条大便的屁股，

嘻嘻，

用——尽——全——力

朝向这个世界，

这只是你和你的介质所能拥有的所有情绪与期待。

不关猴子，

也不关乎刚才所说的那个人。

任何时候，你都有权喜欢别的男人

对他怀抱人鱼之爱

有个晚上，阿离和我坐在厦门鹭江宾馆的楼上喝晚茶，面朝大海。

"小然和猴子今年也结婚了吧。"她突然说。

"可我不想结婚呀。"我回答说。

"可是为什么呀？"那个唧唧歪歪的女人继续问我，说。

我心里叹了口气。嗯——既然一定要给个理由——

"因为，因为我心里爱着别人，一直一直爱！着！别！人！"我两手交叉放在胸前，眼里含着泪，依旧眺望着海，和因为天色暗淡瞬间明亮起来的对面岛屿，留给她一个悲痛的侧脸，身体微微晃动，作出终究无法承受生命之痛的样子——哎呀，可好玩啦！

"是吗？"阿离的同情心和八卦心一下被点燃了。"爱着谁呀？"她兔死狐悲地追问说。

我在脑海里急速搜索了一下，说："嗯，土摩托咯，还有李大人！——他们的稿子写得多好呀！"

因为演得太逼真了。而此时风又是那么大，海浪摇曳着海岛。在渡口，有一艘成天点着灯的老驳船，它在那里停靠了好多好多年了，好像从我出生它就没离开过港口。在我们说话的时候，犹能依稀听到驳船上飘来的残缺乐章。呀，我是说，你们知道吗？有些谎话在那么真切的场合，就像中了咒一样，让编造它们的人也误以为是真理。

唉，总之说完那话，我心中立刻充满忧伤。好像自己果真一直爱着什么人。只是一直没记住而已。电视剧里都是这样演的呀。女主角在踏上礼堂的路上，醍醐灌顶地想起了自己原来根本不想要这样的生活，于是便拖着婚纱跑掉了，好像那身婚纱就是奔赴新生活时穿的制服似的，没想到这事儿竟落到我的人生里。真是红颜命薄呀粲然！

我这样想，几乎真的要哭了出来。我真是太惨了呀！哇哇哇……

还没等我脱口大嚎，阿离就打断了我："乱讲，你根本不爱李大人什么的。"她斩钉截铁对我下定义，说。

"真的吗？"我努力吞咽着口水，眼里噙着泪，非常入戏，无法自控地问："不是吧？"

——这种感觉，哎呀，很多女人都应该知道的呀。就好像你被人揪着头，死命往坟墓里按。你拼命挣扎，却力有不逮。眼看行将灭顶，你只好奋力地跟自己和别人喊："喂，把老子的墓志铭写漂亮点！老子当初也是条好汉呀！"——喏，就是这种感觉。大凡女人要定下终身前，免不了自我催眠式幻想自己爱过什么人，或者什么人曾经爱过自己。想得肝肠寸断悔不当初，以此悼念自己即将逝去的自由。

"废话。"这当儿阿离正眼都不瞧我一下，好像我又在玩儿似的。"你就只爱猴子，还爱得要死。"她一言蔽之地说。

瞧她那不解风情的样儿，我愤愤然，就好像我是《花样年华》里悲情得感天动地的梁朝伟，怀着满腔抑郁，好容易跑到柬埔寨找到了第1001棵树，艰难地爬将上去，摸到一树洞，将嘴凑上去，刚要倾吐——

树洞里突然扑出一只受惊的鸟，边飞边拉粪，糊了我满嘴。

真是太！不！给！我！面！子！啦！

虽然阿离不相信我。可在长达半年，对自己的过去刨地三尺、追昔抚今后，真的被我发现，自己也有情感秘密呢。

哼！

嗯，这样说吧。对一个男人，对他我怀抱着人鱼之爱。

所谓人鱼之爱，并不是把自己比作美人鱼，或者公主什么的。

在安徒生童话里，人鱼为了圆满自己的感情，喝下巫婆的药剂，以失去美好声音的代价换得了两条腿。

很有趣的是，在《聊斋》中，却有着故事精神完全背道而驰的仙女故事。

一个女子——嗯，似乎也是海公主吧。有一天现身在书生的房间里，对他说，要是我们品茗斗棋，以友相待，可以厮守终身。要是你非要与我行夫妻之实，我们只有三年的相伴光阴。

肾上腺激素上涌的书生果断地选择了后者，三年后，仙女飘然远去，留下他叹惋终生。

这两个关于爱与性选题式的故事，一直交织出现在我的记忆里。

有一次采访一位安徒生文学研究学者，她说，安徒生写下《美人鱼》，是为了告诉人们，成为人、拥有人的情感是多么艰难的事。人是世界上最高贵之物，是万物之长。希望人能珍惜自己拥有的一切，人鱼与世界其他万物抛弃所有都无法换回的珍贵的一切。

嗯，也许研究者有自己的看法吧。只不过我和她想的可不一样。

这是一个选择的故事。中国的仙女希望与书生成"君子之交"。这种选择，对人鱼来说，似乎也不难。

在王子下次航船时，出现在海里，告诉他对自己的搭救之恩。唱起美丽歌曲，日日在碉堡下的海里与他相见——可人鱼从一开始就放弃了这种选择。

她的爱，从一开始，是要获得与人交合之权利的爱。得到双腿，从另一方面说，就是人鱼炽热地向王子表达自己肉欲之爱的隐喻。

我对一个男人，对他怀抱着人鱼之爱。

实际上，上文说起的《聊斋》里那个海公主的故事。那个故事也很巧妙呢！

我知道这样的事。

喜欢长久地和某个男子待在一起，一开始就这样简单，就喜欢和他待在一起，可别人都觉得这关系很暧昧了，男人也提议说："哎呀，都这样了，不上床不行了。"好像多顺理成章似的。然后，就上了床。接着就出了一地鸡毛的各种事，滋生了许多繁杂的情绪。然后火速分开了，再也不联系。

可在之前，这所有事情的初衷，都只是因为我喜欢跟你在一起呀——女人会无比委屈地这样想。

嘘，就好像很多男人有红玫瑰和白玫瑰一样。这也是许多女人的秘密呢。

因为害怕孤单，只好敞开身体，就像饥饿的人站在午夜的自动售货机前，掏出钞票，换得食物。

这就是《聊斋》里那位海公主当初的想法吧。

可这不是人鱼的想法。

也不是我的想法。

对一个男人，对他怀抱人鱼之爱。

这种情感延续好几年了。

对他的身体有无限的好奇，

他也喜欢着我的身体吧，

这样的相遇真令人高兴呀！

可是，我们全部谈话加起来，

还不到五个小时。

因为彼此都太自负聪明了，而那些好听的，引人入戏的话，

无论哪一句，

都像意有所指的陈词老调。

我就这样沉默着，沉默地想象着他素未谋面的身体。

这种感情虽然由来已久，但一经漫长时间的打散，却渐渐时隐时现，若有若无。

并不像书里写的那么难过，让人觉得现实生活无法忍受什么的。

有一个晚上，我躺在睡着的猴子的怀里。屋外下着雨，树影憧憧。

因为生怕自己突如其来觉得孤独，试着想了想那个男人。

是这样吗？或者是这样呢？

我独个在黑暗中转动着眼珠。

在漫无目的的想象里，猴子的呼吸更显得真切，似乎无所不在。我翻转过身子，把头埋在猴子胳膊里，倏忽一下就睡了过去。

真好呀，我是说，跟书上悲风悼月似的说法，一点都不像呢！

有时候我也想过，他会像我们这样，玩宠物精灵合体变身（详情请看中央台少儿频道）的游戏吗？会不会玩胸口碎大石（详情即用舌头在对方胸口上写下"碎大石"三个字，舌法长而缓慢，一般人扛不到写完——注：以上均为粲氏发明，翻用要填写使用说明）的游戏呢？

玄妙而又无尽的法门，让相伴的时间总是太短。要三生三世才够吧——像所有沉浸在爱欲里的人那样，我也跟猴子说过这样的傻话呢。

他也是这样的吗？

我对一个男人，对他怀抱人鱼之爱。

这跟爱情一点关系也没有吧。

对他的事、他的想法、甚至他的样子，我现在都记不大清了呢。

关于他，我现在的印象和过去一样。

我是说，即使身处炼狱，依然无法掩盖他的光芒。

——这是我的身体罕有的脱离我的头脑、脱离道德感、独个说出的话。

是我身体的记忆。

一年多前的一天，阿甘和阿迪到福州做签售的那天，我挎着他们的手，一起在古街上大踏步向前走。

人潮汹涌。

"你们说——"在挤在挤去的人流里，我们尽力保持队形，大声对他们喊，"人的一辈子就只会对一个人动心吗？真的能保证只对一个人的身体感到好奇吗？"

"怎么可能？！"他们俩几乎同时尖叫起来。我们哈哈大笑起来。

承认自己的欲望，有时候，是多么干净利落的事情呢。喂，虽然你也许永远都不会知道了。

可即使那么坚定地拒绝过你，我却对你一直怀抱着人鱼之爱。

在我的心里，最深处的心里。

这是两码事。

欲望和道德。这是两码事儿。

就像人鱼最终成了海里泡沫一样，想起这事，我有时候觉得悲伤。可更多时候，觉得除此之外，无路可去。

就这样成为在太阳下随波起伏却微微闪烁的泡沫吧。

这就是所谓的人鱼之爱呀。

许多书里（哎，我总是谈书，可因为没经历过的事，我都是凭靠书本想象的呢！）都谈过爱与性的选择。

印象最深刻的两本，是《霍乱时期的爱情》和《好色一代男》。

在我看来，真是好玩呀，这两本也许从未谋面的书，却是存留于后人、成为互文的精彩回答。

在马尔克斯的笔下，费尔米纳与阿里萨的航船在热带的河流上昂然前行。他们的人生曾穿越那么多扑朔迷离的爱情呀！最后，当船长迷惑地问阿里萨来来回回航行要到几时才停时，阿里萨用"在五十三年零十一个日日夜夜前就准备好的答案"来回答船长，这个答案便是——"永生永世"！

而在井原西鹤的笔下，自称要花光自己所有资产和肾水的世之介，在和 3742 个女人发生关系、年逾花甲之后，拿余下的钱打造了一艘装载着成千上万春药、自慰器、光擦拭下身的草纸就达到几万担的大船，决意前往传说中没有男人，如饥似渴的女儿国去。

最迂回百转的爱情和最勇敢直前的性欲，最后的自我判决都是永远地流放在流水之上，不为人知其所踪。

是这样吗？

可那些罪者的回答却光明而响亮。

爱与欲的最高境界，正在于成就于其上，甚至超越青春与生命的永恒品格。

他们都给了我坦陈的勇气。

当我被流放到水上时，穿越过一个又一个放着光亮的岛屿，我也会想起这些事吧。

想起自己在盛年时，有幸对一个男人怀抱人鱼之爱。

给自己的爱找一个形而上的思想基础，相信感情是高尚的

豢养自闭儿

我说的这个城市有五万五千五百五十个入口。它现在就在我窗边，只是我永远也眺望不到它的边际。据说，它砸向大地上时所激起的烟尘，形成了现在承载它的亚欧大陆——也许还有别的什么创城之说，谁知道呢。总之别吵醒它，它让所有人都心生恐惧。

它的成长每时每刻都在穿越我们的视线、穿越我们的听觉和触觉。我说的不光是高架桥、飞驰的交通工具、迅速成长的大楼或者呐喊声、疾走声乃至频率极高的夜声。当你对现代化的想象还停留在这里时，它的速度便更快，倏一声飞跃过你幻想那一闪念的时间。

没有什么快过它，于是人们选择顺从。每天都有成千上万的人流从五万五千五百五十五个入口用哗啦啦流水般的速度跌跌撞撞地闯进城市。他们总是站在城市大广场的中央，惊叹一声："这座城市太大了！"可话音刚落，城市又比他们刚刚所看到的扩张了一倍。

我和小菊也从那些入口中涌进来。我们到这里的原因跟所有人一样：城市里流传着一个传说，这里最勤奋的那些人终将会得到一座大金矿。想当初我们倍儿水灵，屁股别提有多翘了。为了传说中的大金矿我们把情人

都抛掉，后来还彻底忘记故乡和亲人，在这座城市厮混了很多很多年。

在这座没有人敢直言其姓名的城市里，每个人都必须从事一份职业，这就好比那一溜儿无边无际日新月异的建筑物：基准线成了反任意性的保证。别说为了人人向往的金矿，城市法则中也坚决杜绝终日游荡的人。我们经常能看到别着红袖章的警察驾着坦克车风驰电掣地驶来，揪出一个表情悠闲的人，然后列队，举枪，瞄准，射击，最后用讥笑的语气大声宣告他的死亡。他们说"此人追求他的神迹去了"。

在这个与世长存的城市里，追求金矿自然比追求神迹光荣得多，两者相比简直判若云泥。据说每一代都有人获得像阳光般光辉耀眼的金矿。在每一个人和人交谈的场所，在所有谈话的空隙，人们都在语言中勾勒着它，触摸着它，以示自己的生命和它相互交织，无法分割。一个死掉老人的遗嘱上写着："死去元知万事空……金矿！"一个流行歌手的歌词是："金矿，它打动我的心……喔喔喔！"一个处男面对仰躺着的赤裸女人，脑袋里反射的第一个念头，也必然是流着口水的喃喃："……金……矿……"在飘荡着被枪毙者们浓烈尸臭的大街上，在目睹了"无所事事"最不由分说的失败后，人们以马达般的速度拼命工作以获得金矿和获得得到它时的荣誉，因为归根到底，这是与这座城市的伟大精神相挂钩的——就像重力、摩擦力和动力以归谬法的法则让人信服：要么挺住，要么倒塌。

在这座不可言说的城市里，我和小菊分头写作一本书。这是我们得到的工作，由市政当局拨给资金项目支助的课题。小菊写作的书叫《爱情》，我写作的书则叫《志向》。我们写作书本的过程当然是很辛苦的，因为我们做梦也想着得到金矿。

小菊长着长头发，眨着一对黑漆漆的眼睛，笑起来又羞又美。为了写作她的书，她服从情人们的习惯，在夜晚上班。因此，城市里发生的许多爱情故事，她都了如指掌。据她说，城市扩展得越快，她的工作也将萎缩得越快。那些不断扩张的广袤无边的土地，早已超出情感承受范围之外。为了一次艰苦卓绝的会面，情人们必须天亮就出发，背着干粮，赶上好几十年的路，才能到达他们的约会地点。有的时候，还没赶到，就被枪毙了，更多的人，在半途中打了退堂鼓。即使相遇又能怎样？他们的年轻美貌、浪漫情怀早已消失，到头来只能互相责备地叹一口气，转而投入各自激烈的工作怀抱当中。这样的工作成果让市政当局很是满意，因为这本名叫《爱情》的书，便是作为反面教材警醒市民的。然而，从事这份工作让小菊慢慢憔悴了下去。每当一份爱情失败，她就替人家大哭一场，脸上长出一条条弯弯曲曲的皱纹。于是，写作《爱情》的小菊在这座大城里用惊人的速度衰老了。

　　为了创作我的宏章巨制——《志向》，我走了许多路，拜访形形色色的人。我总是问他们："你们什么时候到大城来？""为什么来？""最初的情况怎么样？""现在又是如何？"我听他们那些欣喜的话、哀伤的话、唠唠叨叨的话、自大的话、虚假的话，并一一记录在案。开始无论人们对我说什么，我都热泪盈眶：多么激动呀！自己何其幸运生活在这样一座令人骄傲的城市！何其幸运生活在这么一个铁一般刚强的时代！——可后来，无论听闻什么，终于都不会引发我任何感情。那时候人们就说我成熟了，在积极地投身自己的本职工作。我变得很胖，四肢发达，身体像铜墙铁壁，说话声音震天响。每次一开口，必定先喊："以伟大的城市和

金矿的名义——以人民志向的名义……"把周围的人都吓得半死，其实，那不是我真正想说的话。

面对这个现在正在我窗口茁壮地向远方蔓延的大城，其实我是想说起以前的某一天。那天，我去拜访一个人。据人们传说，他也在写作一本书，那本书的名字叫——《自由》。因为受到市政官方的禁止，那本书是他自费写作的。他把自己关在一个高高塔楼上最逼仄的房间里，没日没夜地埋头苦干。

拐了很多弯路，后来，我终于推开那扇黑暗房间的门，找到了他。他披着长长的乱发，非常瘦削，眼睛在厚厚的镜片里间或一轮，几乎从来不说话。我一屁股坐在房间里厚厚的灰尘之上，按图索骥地盘问他的理想，也问他要那本名唤《自由》的书来看，但他一点都不搭理我。

必须承认他的房间是我所见过最怪异的地方，那里虽然温暖却没有一点人的气息。满室里堆满各式各样的地图，还有抵墙而立一大摞一大摞用不同文字写成的书。在他翻动那些书本并且低声吟咏的时候我方才得以听到他的声音，那些声音与众不同以至可以让所有人忘记所处何地。那么，我好奇地想，难道这就是自由？

因为要把"自由"作为"志向"之一种记录在册，我必须要展开对他的调研工作。有人说，他读那些外文书，是为了到更远的地方去。有人说，他曾经扬言不在乎大金矿，因为在他所向往而愿意前去的地方，有更大更富足的金矿。还有一个医生，一个耄耋老人，他提醒我，说其实这个人有典型的自闭症，没有人能从他身上挖掘出任何答案，包括他自己也不可以。

因为要把"自由"作为"志向"之一种记录在册，我不得不天天到他的房间里去守望。我曾期待有一天目睹他长出翅膀飞翔，或者大哭一声坠楼身亡。这样，我可以把这一切心安理得地记录下来，再去寻找下一个目标。可他总是枯坐在那里，胡乱翻动那些纸质地图和外文书本，日复一日，年复一年。

有时候我问他："这就是你所进行的自由吗？"还问他："难道这些地图所描绘的世界比大城还大吗？"有时候我劝告他，说："你永远走不出大城，更别说到更外面更大的城市去了。"还有很多时候我每天来两趟，早上给他带来吃的，晚上等着给他盖好被子，看他进入梦乡才走。在大城冷冰冰的马路上，我激动得满脸通红，我想，我在豢养一个自闭儿！我在豢养一个关于"自由"的"志向"！这样想让我很高兴。

还有些时候，我突然想，这样对他不好。就好像"自由"与"志向"有截然不同的语义分野一样，我怎么能豢养他？我实在对他不起。每当这样的念头一来，我就丢下一切工作急忙跑到他房间里，听他读书，给他做吃的，对他好。

他只跟我说过两回话。第一次，是春天的泡桐开了，我在一个被枪毙者昨天倒下的地方拣到第一朵花，把它带到他房间里。自闭儿透过眼镜牢牢地盯住那花看了五分钟，说了一句话："好玩。"说完，他就把头埋在地图里，似乎从那里，才能嗅到大自然满天地的芳香。

还有一次，在他看书时，我打了个喷嚏。他缓慢地皱起眉头，目无焦距地看住窗外，许久才说："你走。"他一开口倒把我给惊呆了，我说：

"不。"我又说:"要是我走了,你吃什么?"自闭儿面无表情地闭上眼睛,吐出两个字:"不吃。"就再也不理睬我了。

从那以后,我赌了两天的气。可我真后悔呀,到了第三天,我才发现自个已经丢掉了自闭儿。他失踪了,彻头彻尾地从这座城市里消失。有人说他被警察抓住枪毙了,有人则说他真的到了远于大城的远方。我一头扑倒在他所有的地图和书本里,被扬起的灰尘刺激得号啕大哭。

我该怎么办呢?我出了偏差,我对他不够好,不够耐心,所以没有能力走到他最深切的心里去。就像所有人的心灵都可能洞开一样,我坚信他的心灵也在等待开启。可我的坚信那么卑微,在这座日益扩张的大城里"披沥"一声,就碎了。

我又想我早已成了这座大城的附庸,身心都归属于它的使唤。它让它的子民都相信自己是一个救世者,这样的自信呼应着这个城市的自我中心论。在这样的自信中,在我的"志向"对"自由"的所谓拯救与豢养中,他感觉到了与之相悖的巨大压力与要求。我该怎么办呢?我之失去他,等同于这座城市之"大志"对"自由"的遗失,那是永远弥补不了的了。

我一面走,一面哀叹,一面恐惧,一面孤零零穿过这个循序渐进的大城。它用它的阴影无时不刻不在追随着我,它在天幕之后用巨大的声音告诫着我:任何东西,无论爱情、志向、自由或者其他,绝不能是心血来潮之物,而必须是合乎逻辑的结果,必须与周围日益发展的社会相协调。俗世之物,凡是符合需要的,才是合理的。而这些,绝不属于自闭儿。绝!对!不!是!

可我该怎么办呢?我早把金矿忘得精光。

一种被枪毙者或者曾经体验过的、冷冰冰的深寒侵入我全身，一种孤独，非来源于爱情而来源于同处城下的人之间有所阻隔的强烈的孤独骤然显现。

现在我发着抖，力图对窗外那蚕食所有人青春与生命的大城视而不见。我哆哆嗦嗦扭开灯，看到小菊在灯下哭，又有一对情人的爱情死于大城了吗？她脸上的皱纹沟壑丛生。我走过去，手指穿过她的乌发，用同样苍老的声音一字一顿地问她。

我说，亲爱的小菊，要是我们比大城跑得还要快，我们抛开它，抛开世界，抛开贪婪爱欲青春自私信念琐碎梦想欢歌财富无聊理智意乱神迷痴心纠缠孤独进步生命，抛开一切的一切。我们是不是能看到那个东西：神迹？

给自己的爱找一个形而上的思想基础，相信感情是高尚的

一个童话

小王子对她们说："你们一点也不像我的那朵玫瑰花，你们还什么都不是呢。没有人驯养过你们，你们也没有驯养过任何人。你们就像我的狐狸过去那样，它那时只是一只与成千上万只狐狸一样的狐狸。可是，我现在已经和它交上了朋友，它现在就是世界上一只独一无二的狐狸了。"

这时，那些玫瑰花们感到很难为情。

"你们美丽，但是你们空虚。"小王子又对她们说道，"没有人能为你们去死。当然，一个普通的过路人会以为我的那朵玫瑰花和你们一样。但是，她单独一朵花就比你们全部都名贵。因为她是我浇灌的花。因为她是我放到玻璃罩下的。因为她是我用屏风保护起来的。因为她身上的毛毛虫（除了两三只变蝴蝶的幼虫外）都是我除掉的。因为我听过她倾诉愁苦或自夸自赞，有时甚至还倾听过她沉默无言。因为她是我的玫瑰花。"（——圣埃克苏佩里《小王子》）

我说的，不是小王子，而是一位老匠人，他一生都在培养花花草草。

又穷又老，孤苦伶仃，和所有童话刚开始所说的可怜人一样。

很长一段时间，城市里霓虹灯上都贴着这样的话："如果没有绿色，世界将会怎样？"人们习惯买下一座山，一座花园，再次点，买下一朵花，一棵树，在上面雕刻上自己的名字，然后就把它们丢给老花匠，好像这样做，就维护了地球环境一样。

这个老花匠，在他很年轻的时候，就很以做这份职业为荣。他觉得只要一蹬腿，就踩在孕育生命的土地上，一抽鼻子，身心就向芬芳敞开。在这个世界上，没有一个地方他不愿意到达，不愿意驻足，不愿意融合。而这个老花匠，长久以来，最快乐的事，就是看着人们在节日里，身着盛装，赤足踩在土埂上，走很长的路，去寻找雕刻他们名字的花草。那个欢乐的时刻，有什么可说的呢？老花匠觉得自己是世界上最富有，最有能力给人快乐的人。

后来，在老花匠老得该退休的时候，有一株非常美丽的茉莉花被移植到花园里。这也是一朵枝干上雕刻着主人名字的花。它根深叶茂，每片花瓣上都凝结着闪亮的露水，开花的姿势犹如上启天听。老花匠一下就被它打动了，他为这朵巨大而美丽的茉莉花倾注了所有心血、毕生所学。他能为这朵茉莉花制作出开花的时间、颜色、成花的数目，诸如此类。所有一切，都成了这朵美丽的茉莉花向人倾诉的语言：感动、痛苦、孤独、高傲、快乐……在那段时间，老花匠巴不得所有人，地球上所有人，跟他一起分享这朵茉莉，乃至所有花的芳香和美丽。

当然，这朵茉莉花的主人也很为他的花骄傲。每当周末，他们就会呼朋引伴来看这朵茉莉花。他们叫嚷道，"瞧呀，这是我的花！"好像这朵花的生命，全然因由它枝干上法定主人的名字而起似的。这时候，老花匠就叼着烟斗，坐在很远的土堆上，含着一丝不知所措的笑意看着这些人，和花。

　　有一天，当老花匠独个儿站在那朵美丽的、光彩照人的茉莉花前时，他突然大声对自己说："我也要有一朵自己的花！"他决定种植一朵这样的花，他可以指着它，自豪地告诉其他人说"这是我的花"。甚至，他计划把这朵花取名叫"独一无二"。就跟《小王子》里，小王子说的一模一样。

　　这时候，老花匠已经很老很老了，他觉得他只剩下那么一点力气，可以看属于自己的花开放。他拿出他所有的钱，也只够买一颗不饱满的玫瑰花花种。不要紧。他把这颗种子种在土里，每天早晨，人们还在睡觉的时候，他就瞪大昏花的眼睛，跑到那朵玫瑰花种埋下的土包前，为她浇水、施肥、松土、挖虫和聊很长很长的天。他还会说傻话，说："那你就是我的独一无二啦。"说完就甜甜地笑起来，直笑到晚上梦里。

　　那朵被叫做"独一无二"的小玫瑰花，是朵很小、很自闭、很虚弱的花朵。当所有人认为它夭折在土里的时候，它才开始慢慢地抽芽。每当阳光普照，所有的花草欣欣向荣时，它也只是一声不吭地呆着，连头也不抬一下。

可是，就是这样，老花匠依然很高兴，他仿着原来计划那样，在这朵玫瑰花枝干上刻上自己的名字：老花匠。他到处拖人来看这朵玫瑰花，大声说："这是我的玫瑰花啊！"每时每刻，他都瞪大眼睛看着那朵花，感觉到自己身上有两颗心脏，一颗心是很大的，依旧爱着世界上所有花花草草，但还有一颗心，他现在才意识到这颗心的存在。心里全装着这颗小小的，孤僻的玫瑰花。随着这朵花的长大，这颗心脏越跳越大声，越跳越响亮，好像他的第二个生命一样。

老花匠原以为他会因此很幸福，没想到他的悲剧刚刚开始。首先，这个老花匠，他培育过的花草不知凡几。他太知道怎么爱上一朵花，或者，怎么让一朵花为人所爱了。他知道如何培养出花朵的这些语言：感动、痛苦、孤独、高傲、快乐……也知道如何被一朵花最本质最原始的开放打动。因为爱着"独一无二"，他不知道要拿这样的爱怎么办了。每天走在路上，他都得不断跟自己说："我有自己的花了。"或者评价这些花说："你们的美都是制作出来的，太矫饰了。"不然，他怕自己会被打动，把太多时间花在这些花上。

其次，作为一朵花，"独一无二"是老花匠所见过最奇怪的了。它总是很小，很虚弱的。翘着嘴，不说话，只有在深夜罕无人烟的时候，它才会把头深深地靠在老花匠怀里，左右皱了皱鼻子，沉入梦乡。许多人都说，要是没有老花匠，"独一无二"该怎么活得下去呢？可老花匠并不这样认为。

说到底，老花匠说不出那样的话来，他不能像小王子那样，对所有的花这样说："你们美丽，但是你们空虚。没有人能为你们去死。当然，一个普通的过路人会以为我的那朵玫瑰花和你们一样。但是，她单独一朵花就比你们全部都名贵。因为她是我浇灌的花。因为她是我放到玻璃罩下的。因为她是我用屏风保护起来的。因为她身上的毛毛虫（除了两三只变蝴蝶的幼虫外）都是我除掉的。因为我听过她倾诉愁苦或自夸自赞，有时甚至还倾听过她沉默无言。因为她是我的玫瑰花。"

老花匠之所以不能这样说，一方面是因为他并不像小王子那样，仅仅和一朵玫瑰花生活在一颗遥远的，需要相依为命的星球上。另一方面，因为他比小王子，更深谙花朵的秘密。每当他爱着"独一无二"的时候，他就幻想有这么一个以前的自己，那个爱着茉莉花的花匠，正叼着烟斗坐在远远的土堆上，带着一缕不知所措的苦笑看着他，和他的玫瑰花。——是的，归根到底，是因为他比所有的人都知道，花开的美不属于任何人，即使是花朵的所谓法定主人。

因此，老花匠就拥有了那么一朵玫瑰花。但打从心底最深处，他不相信也根本无法说服自己，这是他的玫瑰花。他甚至不愿意把"独一无二"雕琢成"我爱你"——这样花的图形。他觉得羞辱，觉得不屑，觉得有悖一个老花匠的人生哲学。有时候，在很黑很黑的黑夜里，他靠近那朵小小的、可怜的花。教它说："我是你的花。"可小玫瑰说了，他并不觉得多快乐。他回忆起那朵美丽的茉莉花，他想，所有的花从没属于主人过！这让他从最心里对"独一无二"喊："你不是，你这个小骗子！"这个时候，老花匠就会给小玫瑰花一脚。

有的时候，白天，小玫瑰花抖擞精神，它也想学着和路人打招呼了，它学着跟人们说："Hi!"这样的时候，老花匠多半会很骄傲，他觉得小玫瑰花不孤独了。但还有些时候，就好像中了魔咒，老花匠全身发抖，他想，这朵花在奉承别人呢！它还是不是我的玫瑰花了？于是又给了它一脚。

这是个很庸俗的童话故事。那朵小玫瑰，我们知道，是很可怜很无辜的。而这个老花匠，唉，我们说他什么好呢？他可以用他的胸怀爱所有的花花草草，却学不会好好的，用一种单独的爱，让一朵独特的小花快乐。

小朋友们，你们说老花匠该怎么办呢？

给自己的爱找一个形而上的思想基础，相信感情是高尚的

遇见来自未来的人

我和白小刺认识五年，据说他第一次见到我的时候我简直就是一枚硕果，以至于五年内每次见面，他都会因为我比他印象里瘦了好几轮而大吃一惊。我们认识的两年后，他走到了最背运的时候。而我还在学校里混着，有点小钱，衣食无忧，觉得含着眼泪跟人谈文学和生活等终极问题——这样的生活很优雅。有一次，有一个男人指责我文章写得不好，说"我觉得粲然根本不懂生活"，这样的话在那段时间被很多人用各种语气说过，每次人家这么一说，我都要大哭一场，觉得自己完了，彻底完了，没治了，恰似那无根的浮萍哪，当不上最优秀的文学家了。

唉，这就是我那时候最深刻的痛苦了。为了解决这个痛苦，我和所有的作家一样，认为两条道路最便捷，一个是出去旅游采风，让自己故事里的女主角男主角全站在世界知名风景区穿着民族服装谈生死恋，类似杜拉斯写湄公河、泰戈尔写泰姬陵、山药蛋派作家写山西等；第二条路就是把原本简单的男女关系搞得眼花缭乱——哦，这简直是所有文学女青年都知道的深入生活的不二法门啊！

有一天，我和白小刺瞎聊。他说起自己的背运：他辞职下海孑然一

身且没有女友，恰逢外婆过八十大寿全家族翘首盼望作为嫡长孙的他衣锦还乡。我心生一计，就说我去你老家玩吧，假装是你女朋友，帮你外婆过生日。小刺跟我一样属于那种一搞歪门邪道就容光焕发的人，所以果然跟我一拍即合。第二天我就买了张站票，坐在火车垃圾筒上过了一夜到杭州，又随便挑上一辆汽车到他绍兴老家去。

他家里的人很热情，对我很好。当然我也刻意表现了一下，比如送礼物啦、假装把皮包带子扯断又手脚麻利地在他家人面前缝补啦。他外婆寿辰那天晚上，他们家说人来得多，房间安排不下，安排我和小刺一个房间，一张床——天呀，那时我觉得他们一个家族都躲在房间外，巴不得第二天就从我们的床上扯出一个孩子。

那天晚上临睡的时候，我觉得小刺有点尴尬，因为他削了个苹果给我吃——后来证明，这应该是这辈子他为我削的唯一一个苹果了。他家的床特别大，铺上亮湛湛又显得居心叵测的新被子。床上有根长长的吊线，可以开关电灯。因为车旅劳顿，我一卧倒几乎就马上睡着了。小刺在边上唧唧歪歪了一会儿，突然说，算了，我到那头去睡，就把枕头丢到我脚那边，躺了过去。

于是一夜无话。

我们很开心地玩了两天。等我觉得做小媳妇没意思了，就缠着他让他带我到杭州玩。临走那天他们家问人借了个车，一家族的年轻人都上了车，送我们去车站。我们唱呀跳呀，在路上可闹腾了。

到了车站，我们挥手告别，他们就走了。我清点了下行李，顺便偷偷掂量了下他妈妈送我的梅菜干、绍兴毡帽之类的土特产。白小刺自个儿坐在一块路基上。

夕阳西下，路上黄艳艳的。他突然说："怎么办呢？以后怎么说呢？"我停了好久才理解他的话，然后我安慰他说："别怕！你就说你跟我吵架，气得把我打得流产，我就离开你了。"我这样说，还把头探到他面前，补充道："你他妈的不许说是我抛弃你的！"——可我很怀疑他还是会跟他家说是我抛弃他的，把责任推在一个不在场的无辜女子身上，让全家族的人咒骂她、扎她小人（后来果然是！），所以用恶狠狠的眼光看着他。但他，我最亲爱的朋友白小刺，他用一种惆怅的眼光看着夕阳普照的大马路，还在唉声叹气："唉，怎么办呢？"

回家后，我把我的经历告诉了爸爸妈妈。我妈很高兴，因为她觉得绍兴家产的梅菜干可有味道了，她每次做饭就用一点。我爸很生气，简直气坏啦！我也不知道为什么，他后来一直记恨白小刺，白小刺去我家玩就不给人好脸色，好像人家会跟他抢女儿似的，真是奇怪的男人呀！我还告诉我很多朋友，当传奇经历显摆，觉得自己"深入生活"了一次。有一次在出租车上，我又说起这事，被司机师傅大骂了一顿，说我不负责任，"叫人家怎么办呢？"

我还把这事告诉我的小姐妹们，她们白着眼说我吹牛，因为第一次见公婆，按规矩人家都要给戒指红包的，我竟然什么都没拿到！

我决定把这段经历写成小说——可后来为什么没写呢？估计是又有了段"深刻而伟大的生活"，把前事给忘记了。或者就是没和小刺"男女"

一把，觉得小说主题不够深刻吧！

之后，过了三年，我毕业来了北京，白小刺仍在深圳。他情路多舛，换了几任女朋友。有一次，带一个又漂亮又乖的平面模特回家，他爸爸妈妈暗示说，还是我比较好。小刺跟我总结说，那是因为我去他家的时候很胖，看起来很会生养的样子，把我气得够呛。当然，他还不出所料地跟他家说，是我抛弃了他，让我在绍兴名声扫地。

就这样我们的友情长久流传，至今多年。有一次，白小刺来北京，请我和猴子吃饭。他现在可牛了，坏运气已经过去，成了南国知名摄影师兼专栏作家，在众多女粉丝追捧中峥嵘岁月稠。

而我恰好在自己的坏运气中打转。

那天晚上，我和猴子回了家。躺在床上。我们的床很小，一个落地灯支在床边，可以方便开关。猴子关了灯，照例把我抱在怀里。我是说，一瞬间，我突然想起三年前，在那条夕阳大路上，落魄的白小刺叉开腿坐在石基上，他没有钱没有房子没有女人。他说："以后怎么办呢？"我当时一点都不理解他，兀自幻想着自己拖着五顶破毡帽和一大箱梅干菜上飞机的壮观场面。而现在，在这个黑夜里，猴子把我搂在怀里，我们没有钱欠着债没有房子和车子，生活充满焦虑。我经常想，"以后要怎么办呢？"

在我想这些的时候，猴子已经睡着了，呼吸均匀，身体散发香气。在要睡着的时候，我像每一天晚上一样，用力抱紧他，心里充满一种比爱他本身更广博的爱情。我觉得很幸福。

呀！我是说，这不是很奇妙吗？我也遇到过来自未来的人！三年前的白小刺给我敞开过一段生活和景遇：一个二十七八岁的男人，聪明，有点恃才傲物。在窘迫中可能被这个世界打倒或者打倒这个世界——这一切和现在的猴子多么相似呀。当他说"以后怎么办"时，我根本不知道他在想什么，想得多深切。我还在想我的帽子和梅菜干呢！

可现在，当我重历这个场景，看到这么一个人，我可以和他一起叹气，一起想：以后怎么办呢？

真是很奇妙的事，只要有心，在时光交错中，你总会走进错过的那道门。

最后，请你用一切方式、一切力量援助自己心中来之不易的爱

你仿佛黑夜，沉默无语，繁星满天

有天中午，突然飘起鹅毛大雪——姑且称"鹅毛"吧，到北京数年，我没在大白天看过那么大的雪呢——那会儿，我们都被震住了。猴子说，他要下楼买烟。我就穿了件睡衣，蓬头垢脸的，拿羽绒服把自己从上到下裹起来，跟他一起出去。

下楼梯时猴子老扯我的帽子。从小到大，我最烦男人扯我的帽子了！一点都不成熟！

雪下得真漂亮，路上很多人都买了伞。我们到小卖部买了东西，猴子答应我说，可以走到故宫去。

记得一个黄昏，我自己沿着皇城根一路走，四下无人，雪漫到脚踝，绕到天安门时被耽搁了好一会儿，因为正在降旗。等到我终于能一步一滑地走到王府井，几乎都冻昏过去。那感觉特酷。老想着和猴子再来这么一次。我是说，人就是这德行，自己感觉好的东西，总巴望别人也一起品尝一次，同声叫好。但有时候这可不是个好主意。

那段时间，节目快启动了，找摄影棚，找舞台设计，找后期编辑，

做策划，租房子，天天在外面吵。晚上回家还得和猴子谈我们的未来规划。真是烦死了，我是说，在两个人的关系里总得有个人做出一副深谋远虑的样子。有一天我竟然对猴子说："你不为你自己想，不为你家里人想，你也要为你没出生的孩子想想，他的户口怎么办？上学怎么办？他要住在哪里？"——我边气愤地嚷着，边被自己给震死了，我终于从电视剧苦情戏里自学成材了！说这话的时候我觉得自己特别像身怀六甲的破落户媳妇——女主角、悲剧，结局通常是丈夫失踪，自己含屈忍辱把孩子拉扯大，再也没过上性生活那种。特酷。飞一般的感觉！

猴子听了大道理后啥都没说。第二天，他和他一个学究同学 MSN，我给他倒茶的时候刚好看到他沉痛地对他同学说："你不要那么书呆子气了，你想过以后你户口要落在哪里？你的孩子怎么办吗？"真没想到他那么快就会把我的道理发扬光大！

昨天我又给他上大道理课（最近很多事情导致我得天天开课），我算看明白了，所谓说大道理无非就是恐吓和吓唬别人，如果不按照社会告诉你的办（通常说大道理的人俨然就是"社会"的代言人），你就会如何如何如何，总之"社会"一生气，后果就很严重……

昨天开讲的主题是"如果他不如何如何如何，我就会离开他"。

我说："当然，我是不会等你的，我很快就会离开你。然后你就会拼命想我，你身上的衣服是我陪你去买的，你穿的鞋子是我们一起挑的，每天晚上是我给你脱的隐形眼镜，你喝醉了是我给你开的门，没有我帮你做美容你脸上的皮肤过不了一个冬天就会全掉光跟幸福王子似的，也不会有人在你上网的时候给你贴骨通给你按摩头皮半夜给你做夜宵，总之你每做一件事情都会想到我，一辈子困在回忆里，但我离开你一点坏处也没有，因为你啥都没陪我干，没给我买过一件衣服一个礼物没说过一句好话没写过一封信没陪我去过一个公园总之除了每天晚上半夜玩完游戏把我搂在怀里睡觉，你啥都没干过！"

我这样倨傲地说完，猴子就想了想："对哦。"他说，"对你真是不好。"

"哼！"我说。然后我觉得这个关键点应该哭几声，就大嚎了起来。

然后他眼圈就红了。

"我离开你后，"我继续说，"你肯定会跟很多女人上床，可你一碰她们，就会想到我的倩影。然后你就对她们都没兴趣了，又掉进沉痛的追悔里，就像神话中那个谁一样，明明水漫到他的下巴，却喝不上，明明头上有水果，却吃不到。总之你就完了。可是我，我过几天就会找到新的男朋友。我会大写和他的风流韵事。我肯定会说'哇，这男人给我前所未有的感受'——'前所未有'，我会重复这句话，还要加括号，'特别是猴子'，"我说，"让你看得难受死。"

我说这些的时候他却哈哈大笑起来。真倒霉，好像说大道理是不能引申得太厉害太具体，不然似乎无法调动起对方的危机意识？

总之最近我可累了，不仅要做节目准备，还要因为种种情况，不得不充当起"社会的代言人"，天天给猴子说大道理。

昨天夜里，说完大道理，我们各自在自己的房间里忙乎，我在做选题单，他在下载书，后来猴子说，布罗茨基的诗特棒。他喜欢的一句是"大街，为我绘出死亡的轮廓，还有你，鸟儿，尖喊出生活的形态"。

但我不觉得这句诗好。比起老布，我更喜欢米沃什、洛尔加、聂鲁达。我最喜欢简单淳朴的句子，给人更直接的感受，少用意象更迭、繁复的语句和比拟。

今天我们在雪里走的时候，我又想起这个。那时候我站在树下，雪下得厉害，我张大嘴巴对着天空，指望它们能掉到我嘴里来。

可仰得头都酸了，雪依然下在别处。猴子为此抽了我一下。

后来他说，雪下得他满头都是，他没戴帽子，头发可湿了。

我身上一点雪都没有，我包得像个冒热气的大烟囱。

我真想帮猴子以他愿意的方式过他自己的生活呀。

下面录一首聂鲁达的诗，不是我最喜欢的，但当我和他交流不畅时，我经常想起这首诗。我有时候想，猴子是个多么不适合这个社会的人，我是多么辛苦呀。可在我唠唠叨叨地对着他的沉默时，我感觉得到一个社会对一个人的侵压；他毫无道理、毫无优势、仅仅想保存自己的反抗，而我和他身边的亲人们由此受到的痛苦和伤害；还有，我对他的爱。

你的沉默叫我喜欢，因为你好像不在我身边。

你从远方听见我在喊，可是我的声音没有打动你。

似乎你的眼睛早已飞去，

似乎一个亲吻封住了你的唇。

因为万物之内都有我的灵魂，

充满我的灵气你才脱颖而出。

梦里的蝴蝶，你就是我的灵魂，

就像"忧伤"这个词组。

你的沉默叫我喜欢，你好像十分遥远。

你似乎在呻吟，簌簌作响的蝴蝶。

你从远方听见我在喊，但我的声音没有打动你。

请让我跟你的沉默一起保持沉默。

请让我跟你的沉默一起谈谈沉默。

你的沉默像灯光一样明亮，像戒指一样简单。

你仿佛黑夜，沉默无语，繁星满天。

你的沉默属于星星，既遥远又简单。

你沉默叫我喜欢，因为仿佛你已不在我身边。

你既遥远又悲伤，好像早已死去一样。

那么，只要一句话，一丝笑，万事足矣。

最后，请你用一切方式、一切力量援助自己心中来之不易的爱

在万物中你脱颖而出

有一回，在福州。被我叫做"前男朋友"的那个人，猴子，帮我搬家。我一大早赶了两个会，然后，得去找原来合租的女孩，问她拿钥匙，再到合租房里收拾行李，再到新借我房子住的朋友那里拿钥匙，再把行李都搬到她家去，然后是，打扫卫生、整理房间什么的。

当我埋头在福州我的全部家当里的时候，猴子显得又疑惑又沉重。

"你没有枕头吗？"他有时候碰碰我，问。"你的被褥呢？够吗？""就这些东西吗？"

后来，在奔波的每一站，他都说："要不，自己租个房吧。"

猴子，他可罕有这样聒噪的时候呢。可对我来说，我简直可以做吉普赛女郎了呀。何况，最流离的那段日子已经过去了嘛，这算什么呢？

我还记得那个时候，因为一时之间需要很多钱，只要是写字的活，无论什么我都接的。

有时候，傍晚才接到的活儿得熬夜完成。那时候，因为在福州连房子都租不起，挤在需要早读的朋友家，晚上十点有统统熄灯的家训。

因此，得从人家预支的钱里，抽出两张，带着笔记本去小宾馆里熬夜。

为了图便宜，住过又破又可以在半夜听到哭泣声、地毯上还沾着血迹的房间。

还有一次，夜里三点写着明天就要交的策划书，笔记本突然坏了。因为着急，大哭起来。

比起那样的日子，现在因为呆在这个城市的时间不长，不愿意多打理一套房子，借朋友奢华的小公寓住。这有什么哇？

我不理解今天下午带着沉重心情看着我的猴子。就好像半年前，在北京街头，我也不理解那时候的猴子。

那时候，刚刚分开，他给我发信息，说："说到底我们爱对方爱得不够深，所以不能付出一切。"

我不喜欢那样的话，像言情剧演的一样。我一向认为言情剧的对白只包含两种话，一种是笑话，一种是伤害人的话，脏话。

这句话。这句话就是脏话，是伤害人的话。

我不知道其他人的爱情标准是怎么回事。爱得深就要付出一切，这样的事情——就算对保持多年真心一意，为了他的事可以自己豁出命赚钱的那个我来说——也是没有的。

为某个人付出自己所有一切，无论从社会哪种关系上来说，都意味着对更广泛旁人的情感缺失，是令人厌恶且绝望的事。

要是有人指责我的错误，他可以说"你肥"、"你写的东西恶心"、"你不好看"、"你不够有钱"、"你臭得跟堆大便似的"……什么具体变态的理由都可以。

但绝对不能说，你的错误是"不能为我付出一切"。

这样的人，无论相处多少日月，我都会和他割席断交。

但是，与之前说辞截然相反的，是中秋那天晚上的事。

我们到他山里的家去。

夜阑躺在闷热的顶楼屋子里，其他吃酒的人都唱着歌走了。

我气鼓鼓且孤单地想，我为什么还要到他家来呢？——就权当再做一次假"准媳妇"吧，反正在白小刺家也当过了。

这时，我的前男朋友猴子，转过印着草席印的脸，跟我说："对不起呀，对不起呀小然。"

"干吗？"我把他踢开，说。

"拖累你了。"他说。

"本来可以送你爸爸妈妈去欧洲玩的。"他又说。

这样的话，像当天的月亮一样，也许一年只有一次呢。

我喜欢这样的话。

不是因为他说了抱歉，或者说起我的爸爸妈妈。

而是因为，我觉得任何一种"好"的感情（别说"爱情"这种传说中最神圣的情感了）——都不该让人闭目塞听。

爱、公正、廉洁、喜乐、勇气、信任……不是让世界上任何一个谁看到另一个谁。

白痴！难道你还不明白吗？

要我真正骄傲的事，不是让你看到了我，只看到我。

而是能成为带领你看到世界的那个人。

就像因由你，我看到了我以前从不知道的世界的许多面一样。

这才是真正可以放在台面上说的，不耻于出口的情感呢。

今天晚上，搬完家，全身脏。

猴子拉着我去吃饭。

他拉着我的手，径直朝前走。

好像在这个陌生城市里颇为熟练，必能逢凶化吉、遇难成祥一样。

他走的方向，离我们吃饭的地方背道而驰。

可我真是开心呢。

虽然——哎呀，我现在还没想好，是不是要重新爱上他。

或者叫他"现男朋友"这样的名分什么的。

我在他身后，努力叽叽喳喳说话。

"可是……我跟你讲哦，今天南都的编辑都有夸我耶。说我专栏写得没有缺点呢！"我说。

"还有……我跟你讲啦，我现在真是专栏名家了呢！你看约我稿子的人那么多！我写稿子又那么快！所以，我简直跟比尔·盖茨一样，一眨眼就赚钱的哇！"我又说。

"还有哇，嘻嘻嘻嘻，笑死了，你都不知道，我现在接项目策划案的价，说出来，让你吓死呢！"我就这样海吹了一路。

当我们最终走到一个我也叫不上名字的偏远的路上时，我又急忙说："很容易的，你看，我只要这样把手机屏幕按亮，冲路上挥一挥，三分钟内车就会到哦！"

十分钟后，我又换成挥大腿的姿势，在路上转着圈。

可就这样，猴子也不笑呢。

我喜欢这样的晚上。在万物中，我们彼此脱颖而出。

我说的不是爱。不是老是提到的那种爱。

这段时间，我比以前更经常想起，我最容易对哪种类型的人动容？

《圣经》有个创举，它提到一个人，他叫约伯。

此人"完全正直，敬畏神，远离恶事"，然而由于天意捉弄，他"失去所有牲畜，仆婢儿女，接着全身长毒疮，沦落在炉灰中"。

这种人，我以前叫他们"容易受难的好人"。

年事渐长，我越来越容易把这些人，从芸芸众生中分辨出来。

但凡社会啦老天啦特权阶级啦发威，他们总是第一拨遭难的。

他们有许多容易辨认的特质，最重要的是，毫无心机、顺服、无力、对巨大的苦难毫无想象空间与应对能力。

当我们想找出一大堆理由，证明他们受苦有理时，都不得不承认，他们的品行毫无亏损。

猴子，就是这样的人。

而我，我热爱名利，喜欢谄媚、分党结派和 AV 片。

我好喜欢钱哇！

但是，在内心最深处，这些人对我有着致命的吸附力。

这些年，如果说我开始形成自己的道德底线，那底线就是——不能伤害这样的人，所有的儿童，和"约伯"。

不，我说的不是同情。

"小然缺乏同情"，这是我师姐苏七七说过的话，我也毫不愧疚地接受了这样的评论。

我不同情他们。

就像我从没同情过以前举债为生的猴子，和现在在某些城市居无定所的我一样。

绝不同情。

我只是最喜欢此刻被猴子牵着手，走上岔路的那个我。

或者，偶尔在放弃希望，认为一切无可改变的时候，带着孩童式的英雄气概，想：

起码我有幸与他们并肩而立，

在天灾、人祸、或者任何一个南霸天一拳将他们轻易掼倒的时候，

我还在积蓄力量，准备最后一跃而起，

把一口反击的唾液吐在对方的脸上。

我喜欢搬家。嘎嘎。

最后，请你用一切方式、一切力量援助自己心中来之不易的爱

在所有人事已非的景物中我最喜欢：你

我一向认为——

传播信仰甚至比表达自己各种褊狭的爱好，更羞于出口。

"我多么喜欢并相信……呀！"说出这些，是快乐的事。

可另外一些话，比如——

"请跟我一起喜欢并相信……吧"，或是"你一定要喜欢并相信……否则……"

这样的话，却总是教人不安。

因为，即使在这个形式上被框限了信仰、时间审判缺席，众人求汲答案而真相总是面目模糊的时候，从小仍然有人告诫我——

"如果你长大后不想不要脸的话，那么你该意识到：强行进入别人的内心与生活，在他人无从选择的前提下强迫其接受'追随者'的身份——这种行为有待商榷。"

这几年来，除了几个亲近好友，我对"看到猴子前世"的事情，一向闭口不谈。

除了视神神叨叨的事情为玩笑之外，最重要的原因是，不能让我的命运和我的眼睛一起相信"猴子的前世跟你有瓜葛哦，所以这辈子要跟他在一起"——这样的想法。

他妈的，一个文艺女青年要摆脱无病呻吟、幻听幻视、迷信、心理暗示那堆乱七八糟东西成长为当代布鲁诺所花费的代价是正常女性的 2～5 倍，正常男性的 3 倍，IT 男的 9 倍。

但今天却跑来这里，写下以下这些话。

直接原因，是上一周连续两个晚上，我带着对基督教的疏离感，却不自主流出眼泪。

看完显克微支的《你往何处去》，渔夫彼得在基督死后的数十年间，面对千百万人，千百次重复自己见证"耶稣复活"的经历，这其中，有巨大的相信做后盾。

我也要说出我的相信。

与文章开头一向秉承的原则相悖的是，我越来越清晰地知道，有如共同引渡时必备的一条船，当你要进行、并协助他人进行超越生老病死的课业时，同一个"相信"是话题的基础与勇气之来源。

在今后几十年间，进行这项课业，将是我最大的痛苦和欢乐吧！

那我今天是试着堂而皇之公开它好了。当然，你们尽可以把我认为不辩自明的想法当做垃圾，我不会反嘴、大举镇压、开暗枪，或者认定你们犯了精神病。

因为我要脸。

第一次看到猴子"之前的样子"，是在 2005 年吧。

一个傍晚的发廊里。

猴子坐在镜子前剪头发，我在稍侧椅子上，也许是等他，并且间或干什么——记不太清了。

只记得我扭过去看他的情景。

天色还早。通向故宫的那条路上依然游人如织。

但一瞬间"她"就在那儿了。

侧着脸，神情忧苦。

缩倚在一条栏杆上。

在之后数次的"回望"中，总出现这个角度，这样的情景。

大概是在某段时间里，或某一瞬间，我就站在那里固定的位置上，

看到"她"，看着"她"。

心里感觉悲伤。

这个我知道"就是猴子"的女人，到底出现在我的哪次生命里呢？

"她"是我妈妈，女儿，或者别人，或者干脆就是俗套婚恋转世的"妻子"？

哎呀，如果是我妻子，那我上辈子也太倒霉了吧！

娶了那么难看的老婆！当男人已经很难看了，现在看"她"的样子，就跟老宗祠里照片上的古代女人一样干瘪和顺服呢！

肯定是依了媒妁之言娶进来的吧，封建礼教真是害死人呀！

有时候，我带着戏谑这样想。

可为什么每次看到"她"，我都确定"她"就在那里，"她"并非想象，并且心里真的涌起悲伤呢？

若干年来，这种情绪时隐时现。

有些白天或者晚上，我和猴子在一起分头忙的时候，因为太久的沉默，我似乎又感觉到那个只露出侧脸的女人，带着干瘪和忧郁的样子，缩倚在栏杆上时，我的痛苦。

"猴！子！"我大叫一声，过去搂住他。

"妈的，滚蛋啦！"他果断地把我抽回来，说。

这样的他让我喜欢。

"那你原谅我吗？"因为觉得莫名其妙的"惭愧"，有一次我忍不住问。

"你他妈做了什么对不起我的事了？！"他马上瞪着眼，"无论做了什么，买一台三万块的本本给我，我就原谅你。"他还讨价还价说。

因此，我知道他在我这世里，虽然我还问着这之前的问题。

说起这些，不是要讲爱情。

因为出生在海边，我喜欢吃刚打捞上来入口即食的海鲜。

品尝这一世的风味，让人迷恋。

可因为远游和持续搬迁，也吃过隔了好几夜、不得不拿出来翻炒果腹的白饭，或是妈妈与朋友塞在包裹里很多天后才吃到的粽子、腊肉和旁的东西。

味蕾细细品味陈日旧物，因为此时彼刻人事已非而深受感触。

在多次看到"她"之后，即使理智尽力阻止，猴子对于我来说，也越来越像一盘隔了数夜的炒饭。

在新的油盐调味中，过去的心境与怀念如历历陈米，如鲠在喉。

从这个角度上说，是他带我看到了轮回。

轮回，它就是我心里坚固的"相信"。

并不仅仅因为"上辈子猴子"的示现，在我心里，不管在以往或未来的千万世里，自己会变成猪、狗、老鹰、恶鬼或者其他东西。

这件事确切存在，谈不上赞同或者反对，它始终以它既定规则运转众生的灵魂。

我是这样认为的。

并且只能承认，在以往漫长的岁月里。我应该是个失败、怯弱、懒惰、自负的人吧。

跟我这辈子一样呢！

因为，我应该没有证悟，没有摆脱生命的循环。

以上的文字，我尽量不涉及任何宗教信仰，不加渲染和详述，只限于写出个人的所见所感。

虽然我亲近佛教，但所有宗教信仰都是通向"勇气和相信"的路径。

而生命此刻和彼刻，千千万万刻里的每一件事——当见到那个干瘪而忧郁的"猴子",并心里泛起无限悲伤时,我立刻明白——现在所做的每一件事,都在显现和开启着生命的继往开来。

我害怕鬼,讨厌脱离现实的幻听幻视,疏远"如果不相信……就会……"的信仰。

可是,我相信轮回,让现在的我感激蝇营狗苟在无数生与死之间的那个"自己"。

如果以后有孩子,我最希望"它"拥有的能力——

不是美貌

不是长生

不是智慧

不是财富

而是对轮回的尊重与认同。

原来是这样呀,生命如此悠长——真希望"它"带着这样的想法,如初夏午睡初醒般,审视即将来临光亮如新的这一生,并且视每一个死亡犹如日落。

学会承受。

知道承担。

真开心呀。猴子。

我早已爱了你几千年了呢！

直到现在我还是可以大声说：

"在所有人事已非的景物中，我最喜欢：你。"

图书在版编目（CIP）数据

爱恨书 / 粲然著 . - 上海：上海三联书店·2012.11
ISBN 978-7-5426-4046-8

Ⅰ.①爱 ... Ⅱ.①粲 ... Ⅲ.随笔 - 作品集 - 中国 - 当代
Ⅳ.① I267.1
中国版本图书馆 CIP 数据核字（2012）第 267824 号

爱恨书

　　著者 / 粲然
责任编辑 / 叶庆、李珏
特约编辑 / 陈黎、师素珍
装帧设计 / 甘植凡
内文插图 / 艾雷迪
　　监制 / 任中伟
出版发行 / 上海三联书店
　　　　　（201199）中国上海市都市路 4855 号 2 座 10 楼
　　　　　http://www.sjpc.1932.com
邮购电话 / 021-24175971
　　印刷 / 北京冶金大业印刷有限公司
　　版次 / 2012 年 12 月第 1 版
　　印次 / 2012 年 12 月第 1 次印刷
　　开本 / 889 x 640　1/16
　　字数 / 150 千字
　　印张 / 15
　　书号 / ISBN 978-7-5426-4046-8 / I·667
　　定价 / 29.80 元